Hot Love Challenge

CÉCILE CHOMIN

Hot Love Challenge

Roman

Ce roman a déjà été publié en 2015

HARLEQUIN
83-85, boulevard Vincent-Auriol, 75646 PARIS CEDEX 13.
Service Lectrices — Tél. : 01 45 82 47 47
www.harlequin.fr

ISBN 978-2-2803-5325-0

1. Où ma vie commença à m'échapper…

Ça y est, c'est l'heure de partir, la fin du cauchemar. Ce soir, je me mets au lit avec les poules, à 20 heures, et demain, tout ira mieux : une bonne nuit de sommeil et j'aurai oublié cette horreur.

Mais qu'est-ce qui m'a pris de coucher avec ce type ?

Putain, déjà 7 h 30 ! Le temps d'attraper mes clés au vol, mon sac à main, mes lunettes de soleil, je sors de l'appartement et je dévale les marches.

La seule idée à peu près cohérente que j'ai eue, c'est d'aller chez lui plutôt que de l'inviter chez moi. Oh mon Dieu, ç'aurait été encore pire de devoir en plus m'en débarrasser ce matin et d'arriver en retard au boulot, ce que je déteste par-dessus tout. Je suis plutôt du genre lève-tôt, toujours ponctuelle, voire en avance pour bien attaquer la journée et avancer dans la vie du bon pied. Mais ça, c'était avant que je boive trop à la soirée d'hier, avant que je suive ce type chez lui et que je prenne les mauvaises décisions.

Il n'y a pas si longtemps, c'était encore drôle de coucher comme ça, sans conséquence, juste pour le plaisir de faire tourner le compteur de mecs et gagner la compète avec les copines. Mais après 25 ans, ça commence à devenir un peu bizarre. Alors à 28 passés… c'est comme si ce qui tournait, ce n'était plus le compteur de mecs mais celui des années. Parce que, même si on s'était promis solennellement à soi-même de ne jamais entrer là-dedans (oui, parfois je me promets solennellement des trucs à moi-même, surtout au réveil, les matins difficiles), on se trouve jetée malgré soi dans cette gigantesque compétition où tout ce qui a un vagin devient une rivale potentielle dans la grande quête de l'homme, non pas parfait, mais au moins le Nôtre, avec un grand « N » (enfin, en l'occurrence plutôt un grand « M », comme « Mien »).

Tout en faisant le compte des vœux pieux auxquels j'ai renoncé ces dernières années, je pile devant le passage piéton où la petite vieille que j'ai manqué d'écraser me maudit du regard. *Bon, arrête de penser à tout ça et concentre-toi sur la route et sur cette journée qui s'annonce difficile.*

Alors donc, je disais que je déteste être en retard, mais il y a quelqu'un pour qui c'est pratiquement un crime : je vous présente mon patron, M. Casse-couilles. Ou plutôt M. Assèche-vagin, l'homme qui peut refroidir ma libido rien qu'en passant derrière moi. Quand j'y pense, ça me donne la nausée !

A propos de nausée, je mets la paume devant ma bouche et souffle comme pour faire de la buée : merde, les vapeurs de vodka, ça fait mauvais genre au boulot. Et pourtant, j'ai mis double dosc de dentifrice plus bain de bouche. Et puis pouah ! J'ai l'impression que l'autre m'a imprégnée de son haleine fétide.

J'arrive à l'agence. Je me gare rapidement en exécutant un créneau… eh bien ma foi, plutôt réussi pour quelqu'un qui a dormi trois heures et voyait encore double en allant se coucher. Ça me remonte le moral et je passe le seuil, très digne, en souriant au soleil de ce mardi matin.

J'adore les mardis en général, car ils ont le mérite : *primo*, de ne pas être des lundis, *deuzio*, de laisser encore plein de possibilités à la semaine pour s'exprimer. Oh là ! n'allez surtout pas croire que je n'aime pas les week-ends, mais leur inconvénient majeur est qu'ils ne comportent que deux jours sur les sept qu'en compte la semaine.

Or on ne peut décemment pas passer sa vie à se concentrer sur deux petits jours et consacrer les cinq autres à les attendre : trop négatif, pour ne pas dire « totalement déprimant ». Moi, je préfère penser qu'il y a deux mondes parallèles : celui composé des cinq jours de la semaine de travail et celui de la fête et du week-end. Oui, mais, me direz-vous, hier soir je suis sortie et c'était un lundi soir. Bravo, vous avez l'œil. Sauf que, vous ne pouviez pas le savoir mais, les soirées, c'est un cas particulier : je segmente. C'est simple : soit elles font partie du monde parallèle des week-ends, soit elles font partie de la sagesse du monde des cinq jours de travail…

Pendant que j'allume mon ordinateur et que je me logue avec mon mot de passe, je jette un œil aux bureaux alentour pour constater que, comme d'habitude, je suis presque la première. « Presque » car, évidemment, *il* est là. *Il* ? Mais suivez un peu ! Lui, c'est mon patron, Julien Beaume. Vous allez maintenant sans doute me demander ce qui peut bien m'horripiler à ce point chez un type qui porte un nom aussi banal. Eh bien, comme son nom (justement) l'indique, non seulement ce salopard est beau, mais surtout il le sait.

Si je ne le connaissais pas, je le trouverais… splendide ? Soyons honnêtes, il est même carrément à tomber pour toute femme normalement constituée. Ça ne me pose pas de problème de l'admettre car il est d'une telle laideur intérieure que ça éclipse tout le reste.

Bon, à vrai dire, comme les autres, la première fois que je l'ai vu, il m'a fait son petit effet, avec sa mâchoire carrée, son côté mauvais garçon, brun, athlétique… jusqu'à ce qu'il ouvre la bouche ! J'avais une quinzaine d'années, c'était au stade de mon village où je venais rejoindre des copains. Comme tous les ados qui veulent exprimer leur virilité, il jouait au foot, et lorsqu'il s'est approché avec Paul, mon copain (pas petit ami, je précise, juste copain), je leur ai demandé (en minaudant un peu, certes, je l'admets) si ça leur disait de nous accompagner à la plage un peu plus tard.

Et c'est quand il a répondu que j'ai compris à qui j'avais affaire.

— Non merci, j'ai mieux à faire que des pâtés de sable avec des gamines.

Oh ! le sale con ! Me moucher, moi… Paul a ri comme un crétin. Paul, c'est le pote de mon frère, à la base, mais comme mon frère est mon jumeau, ses amis sont aussi les miens. Bref, je n'ai pas eu le temps de répondre car tout le monde est arrivé et la journée s'est organisée sans que je puisse sortir une repartie bien sentie… que je n'avais pas en stock de toute façon. Non mais vous vous attendiez à quoi ? A 15 ans, la repartie, c'était pas encore mon truc. Ça vient plus tard, avec l'amère expérience de la vie.

Faute de réplique cinglante, il ne me restait plus qu'une seule option : le détester. Soit ami, soit ennemi, être ado, ça vous facilite la vie, parfois.

Tandis que je regrette avec un poil de mauvaise foi cette époque bénie, une tête se glisse par la porte du bureau situé derrière le mien.

— Je pars en réunion toute la journée, le contrat Darkos est prêt ?

— Bonjour, Julien, dis-je en souriant. Oui, le contrat est prêt, il ne me reste plus qu'à l'imprimer et…

— Donc, techniquement, il n'est pas prêt. Il est *presque* prêt, dit-il en me coupant la parole (ce que je déteste presque autant qu'arriver en retard).

Et en plus il me fait passer pour une incompétente… Je serre les dents et réponds, avec mon plus beau sourire :

— Le temps que l'imprimante s'allume.

Enfin je crois que c'est mon plus beau sourire, mais peut-être que les dents se voient trop, comme si je voulais le mordre. Il me regarde et fait la moue.

— Vous avez une sale tête aujourd'hui !

— Merci, j'adore recevoir des compliments dès 8 heures du matin. Ça va être une belle journée, ajouté-je en me raccrochant à la bonne volonté qui me reste.

— A propos, vous êtes avec moi en réunion ?

— Oui, bien sûr. On part à quelle heure ?

— Dès que le contrat sera enfin imprimé, une fois que vous aurez fini de bayer aux corneilles…

Je m'apprête à répondre mais Agnès, la stagiaire, passe la porte à ce moment-là et lance un « bonjour » à la ronde avec son sourire Ultrabrite.

— Mouais, bonjour, marmonne sèchement Julien en rentrant dans son bureau.

J'attends qu'il ait fermé la porte pour lancer l'impression et m'apercevoir que, bien sûr, il n'y a plus de papier. Direction le bureau du fond en me demandant qui peut bien utiliser cette imprimante la nuit pendant mon absence, histoire que je la trouve vide dès mon arrivée le matin.

Mon portable sonne, je fais demi-tour et réponds à Maïa :

— Moui ?

— Alors, c'était comment, avec Dracula ?

— Ah, ah, fais-je, désabusée.

Tout en parlant, je vais chercher les feuilles dans le bureau et les place dans l'imprimante.

— Oh putain, rigole Maïa, en tout cas tu as fait fort ! Non mais quelle horreur ! Dis-moi que c'était le top au lit et j'écris un bouquin tout de suite.

Maïa est écrivain. Je la rembarre.

— Mais s'il était si laid que ça, pourquoi tu m'as laissée partir avec lui ? Tu pouvais pas venir me chercher, faire les gros yeux, je sais pas, moi, un truc magique pour que je retrouve ma lucidité ?

— Ma chérie, tu es adulte, tu avais envie de t'éclater, je ne vois pas ce que j'aurais pu faire. Et puis, comme dit le proverbe : « Chacun s'occupe de son cul et les vierges seront en sécurité. »

J'ai un rire maussade.

— Super, tes proverbes ! Si tu savais, ma pauvre…

Sans cesser de lui parler, je me bats avec l'imprimante. Cette saleté de machine a apparemment décidé de changer les marges et doit trouver plus joli d'imprimer avec le texte collé à droite et un énorme blanc sur le bord gauche.

— C'est quoi qui sonne ?

— Rien… L'imprimante… Aïe !

Je viens de me couper avec une feuille en tirant dessus comme une brute.

— Ça va ? Qu'est-ce qui se passe ?

— RIEN, je te dis ! Alors je te la fais rapide parce que je suis attendue par Ducon. Bon, donc j'arrive chez lui et il me déshabille pas très doucement, tout en me collant sa langue un peu partout. A la limite, là, ça allait encore, j'étais un peu sous le charme donc…

J'ai le téléphone calé entre l'oreille et l'épaule

pendant que je replace les feuilles dans le bac de l'imprimante, ce qui n'est pas très pratique.

— Le charme de quoi ? demande Maïa. De la vodka ou de ses dents de travers ?

— A ton avis ? Et là, tu sais ce qu'il me dit ? (Je retourne à mon poste lancer l'impression.) « Tu veux que je te fasse quoi ? »

— Hein ?

— Non mais c'est quoi cette question con ? Comme si ce blaireau avait un répertoire assez large pour changer de menu à chaque fille ! J'hallucinais tellement que je n'ai pas su quoi répondre, et ça a fait descendre ce qui me restait de libido direct… Bref, en voyant ma tête, il a dû penser que je n'avais aucune expérience et a voulu me faire gracieusement profiter de la sienne…

Maïa éclate de rire.

— Petite veinarde !

— Tu parles ! Un cunni pourri qui a failli me faire mourir d'ennui. Ou vomir, je ne sais plus trop. De toute façon, je ne me rappelle plus grand-chose, mais je crois qu'un psy m'a dit un jour que c'était pour nous protéger que le conscient censurait certains événements… Ou alors c'est juste la vodka.

Je me marre en pensant à ma connerie et me retourne, pour voir Ducon appuyé sur le chambranle de sa porte, l'air légèrement amusé, dans son costume à deux mille euros.

— Maïa, je te rappelle, je pars en réunion.

— Ah, mais attends, je voulais…

— Pas le temps.

Je raccroche et me tourne vers M. Pressé.

— Qu'est-ce qu'il y a de drôle ?

— De drôle ? Absolument rien. Navrant, à la rigueur, mais drôle, non, désolé, je ne vois pas.

Apparemment, le sarcasme reste son mode d'expression préféré quand il s'adresse à moi.

— Et ça fait combien de temps que vous êtes là, à soutenir cette porte ?

Il se redresse, visiblement contrarié que je lui fasse remarquer qu'il ne fout rien.

— Je viens d'arriver, je m'ennuyais dans mon bureau à attendre ce contrat.

— Il est prêt, dis-je avec un sourire triomphant.

Il m'arrache les feuilles des mains et retourne à son bureau.

— Bravo, lance-t-il sans se retourner, vous aurez au moins réussi une chose aujourd'hui… Parlez-en à votre psy, il sera fier de vous.

Je vais mourir, là, c'est la seule chose qui me vient en tête. Non, pas la seule car une migraine pointe également le bout de son nez. Il est 8 h 30 : c'est une fantastique journée de merde qui s'annonce.

Effectivement, la journée s'est bien déroulée selon mes prévisions les plus pessimistes, mais il y a au moins un point positif : elle est finie ! A 21 h 15, j'arrive enfin chez moi et je m'affale littéralement sur le canapé. Et là, je sais que je vais vous décevoir mais non, il n'y a pas de chat qui vient se frotter contre mes jambes (avouez que vous l'attendiez). Je n'ai pas plus de chat que de petit ami, de chien, de poisson rouge et même de plantes. De toute façon, elles crèvent au bout de deux jours en ma compagnie. Si vous avez bien suivi, aujourd'hui, je suis partie à 7 h 30 et rentrée quatorze heures plus tard. Comme tous les jours.

Comment j'en suis arrivée à passer ma vie à bosser ? Pfff ! Même moi, je ne sais pas bien l'expliquer. Après quatre années d'errance en fac de lettres à Montpellier (là où j'ai rencontré une fille cinglée mais dont je suis vite devenue inséparable : Maïa), je me suis retrouvée à faire un master de commerce. Ça collait bien avec ma vision de la vie : « Avale-la si tu veux pas qu'elle te bouffe. » Alors j'ai avalé, avalé ce qui passait sur ma route : les contrats, les gens, les primes… Mais tout s'est vraiment déclenché quand j'ai décidé de rejoindre Maïa à Paris, sur un coup de tête.

Je venais de vivre une énième rupture avec je ne sais plus qui (mais là n'est pas le problème) quand j'ai appris que la boîte où je bossais était en train de couler. On allait savoir sous dix jours si elle était rachetée par un groupe d'assurances ou si on nous foutait dehors.

Comme je déteste abandonner mon avenir aux mains d'un destin capricieux (et jusque-là assez chaotique, je dois bien l'avouer), un verre de vodka plus tard, je prenais la meilleure décision de ma vie : tenter ma chance à Paris.

Je laissais derrière moi ma famille, mes amis et mon minable appartement.

Ma famille, ça a été vite fait. Quand j'ai eu 14 ans, ma mère est partie vivre avec son troisième mari en Italie. Depuis, je reçois une carte postale pour mon anniversaire et quelques coups de fil pour la forme, et la cellule familiale se résume à mon père et mon frère. A part un flicage pénible de mes résultats scolaires, mon père ne s'est jamais passionné non plus pour ma vie ou mes fréquentations. Du moment que je poursuivais mes études, j'aurais pu sortir avec un dealer multirécidiviste ou un défenseur des droits de l'homme, ça lui aurait fait le même effet. Le seul conseil qu'il m'ait jamais donné en matière d'homme, c'est : « S'il ne sait pas bricoler, il ne te servira à rien ; s'il est riche, c'est un fainéant ! » Puissant, non ?

C'est comme ça que je sais toujours où trouver mon frère Jean : au garage, avec mon père. Ce dernier a officiellement pris sa retraite l'année dernière et mon frère a repris l'entreprise familiale de vidange, carrosserie et réparations en tout genre, *Répar'Service*, à Mauguio.

Entendons-nous bien : j'aime mes parents. Je n'attends rien d'eux, c'est tout. Au moins, je ne suis jamais déçue.

Quitter mes amis, ça a été un peu plus dur.

Au village, on était un bon groupe de fêtards inséparables, de vrais copains d'enfance. Je suis arrivée à Mauguio à 9 ans, et ça a été le coup de foudre ! Première communauté espagnole de France, qui vit au rythme des fêtes, à dix minutes seulement de la mer et de Montpellier ! Le rêve. Jean et moi, on s'est très vite fait des amis. Il faut dire qu'être deux, et jumeaux en plus, ça aide.

Comme tous les frangins, on était très proches petits, avant de se détester cordialement à l'adolescence, pour finir par se rendre compte qu'on pouvait avoir les mêmes amis. Enfin, encore qu'avec mes copines Jean avait une conception de l'amitié un peu particulière.

Je dois le reconnaître, mon frère est plutôt beau (pour un frère). Brun, les cheveux courts drus, des yeux marron de fouineur, bref, il plaît. Et malheureusement, à l'instar de beaucoup d'hommes dans son cas, il le sait. Ça m'a d'ailleurs valu pas mal de malentendus avec mes copines, toutes persuadées d'être la seule et unique et qui ont fini par rompre notre amitié sous prétexte que je ne les avais pas *aidées* dans leur histoire avec lui.

La seule qu'il n'a jamais eue, c'est Sophia. Trop fleur bleue à son goût, je pense. C'est donc tout naturellement qu'elle est devenue et restée ma meilleure amie.

Avec Maïa, elle est la seule que je pourrais appeler en cas de coup dur, même à 3 heures du matin, pour qu'elle me réconforte et me fasse rire. Et réciproquement, ça va de soi.

Maïa et Sophia se connaissent. Quand j'étais en fac à Montpellier, on faisait des soirées ensemble, mais ça n'a jamais été la grande révélation entre elles et j'ai fini par comprendre que je pouvais ravaler mes rêves de Drôles de dames. Elles s'aiment bien mais avec parcimonie. Il faut dire qu'il y a un monde entre Maïa l'exubérante et Sophia la posée.

Dans le sillage de notre petit groupe, sans jamais être à proprement parler une amie, il y a aussi Angélique, dite « Angie ». Belle, grande, blonde, pouffiasse, quoi. Attention, je tiens à préciser que je n'ai rien contre les blondes, d'ailleurs je le suis moi-même. Et ce n'est pas de la jalousie féminine non plus, croyez-moi, même si j'admets que, bon, on pourrait s'y tromper. Non, c'est juste sa façon de s'habiller, de parler, d'aguicher, quoi (pour rester polie) ! A côté de ça, elle n'est pas méchante… mais elle n'est pas vraiment gentille non plus. Par exemple, je n'aurais pas aimé me retrouver avec elle sur le *Titanic* : c'est le genre de fille à jeter sans scrupule un enfant ou sa meilleure amie à la mer pour être sûre de finir sur une île déserte avec le seul homme disponible.

Avec le temps, à force de traîner avec nous, elle a fini par faire plus ou moins partie de la bande. Peut-être aussi parce qu'elle a couché avec tout le monde, mon frère compris…

Enfin, peut-être pas avec Paul qui, aussi loin que je me rappelle, a toujours eu le béguin pour Sophia, même s'il a attendu la deuxième année de fac de sciences pour le lui avouer. Depuis, ils filent le parfait amour à Londres, où ils sont partis vivre après leurs études, et, même s'ils sont un peu gnangnan, je les envie parfois.

Ensuite il y a Damien, qui est… gentil. C'est bon ? J'ai tout dit ou je détaille ? Dans un groupe, il en faut toujours un. Damien, c'est notre gentil loser qui est tellement blanc qu'il faut sortir les lunettes de soleil quand il se met torse nu. C'est surtout l'éternel amoureux transi, de moi en l'occurrence, et attentionné comme personne, forcément. Ironique, non ? Mais bon, j'arrive à gérer et… STOP ! Là, je vous arrête tout de suite : interdit de me prendre pour une pimbêche ! Je sais que c'est dur pour lui mais, croyez-moi, ce n'est pas si facile pour moi non plus. Je l'adore, il est gentil, drôle, et puis il fait partie de la bande. Mais je vais pas non plus me sacrifier et coucher avec lui pour ménager sa sensibilité, non ? Donc c'est pas facile, je jongle, je le remballe gentiment mais fermement, je fais des allusions à ma vie amoureuse tumultueuse en essayant de ne pas le blesser. Bref, j'ai eu moins de mal à quitter Damien que les autres, mais je savais que son amitié allait me manquer presque autant que ses conseils d'hypocondriaque en matière de parapharmacie.

Le plus dur à quitter, ça a été Matthieu, le seul et unique, notre voisin, le meilleur ami de mon frère, mon héros à moi, mon pendant masculin, mon fantasme, quoi. Enfin pas si fantasme que ça, mais bon, il avait besoin de vivre, moi aussi. Tacitement, nous avons décidé de ne jamais officialiser… Ne me demandez pas pourquoi, je suis la première à l'ignorer ! Enfin si : il est hors de question que je fasse le premier pas pour lui demander plus. Je suis peut-être conne, mais je ne supporte pas de quémander. Donc si monsieur me veut en tant que femme de sa vie, il va devoir se bouger… Sauf que pour l'instant, ce n'est vraiment pas le message qu'il envoie. Enfin, je me dis que s'il *essaie* toutes ces filles, c'est pour mieux se rendre compte que c'est bien moi la meilleure pour lui.

Voilà, c'était ça, notre bande : Lydia (c'est

moi), ma copine Sophia, Angie la pouffiasse, mon frère Jean, Paul le Cyrano de Sophia, Damien mon amoureux transi, Matthieu mon PC (plan cul, enfin…) secret et, bien sûr, l'incontournable Julien.

Julien est arrivé à Mauguio à 17 ans. Il a tout de suite sympathisé avec mon frère et avec Paul. Il faut dire que le trio était fait sur le même modèle : des beaux gosses sportifs et un poil arrogants. Enfin, surtout Julien : il était clair que nous ne jouions pas dans la même cour, ce qu'il ne manquait jamais de nous faire remarquer, ou plutôt de *me* faire remarquer.

Belle maison sur l'arrière du village avec domestiques, belles voitures… Ses parents voyageaient beaucoup et il les suivait, ce qui fait qu'il était souvent absent. Mais quand il était là, comme on dit chez nous, il se la pétait. Contre toute attente, Jean, Paul et lui ont développé une amitié très poussée au fil des années, et je ne serais pas surprise d'apprendre que c'est grâce à lui que Paul a enfin déclaré sa flamme à Sophia.

Puis Julien est parti vivre à l'étranger et je n'ai plus eu de nouvelles, et, pour dire vrai, je crois que je l'avais oublié.

Jusqu'à mon départ à Paris…

Quand j'ai annoncé ma décision à mon frère, il a pris ça pour une lubie. Après une grosse crise, il a fini par admettre qu'après tout Paris, c'était juste trois heures et demie de train, une heure d'avion ou sept de voiture (là, j'aurais mieux fait de me taire, mais j'ai vite enchaîné sur autre chose). Je lui ai expliqué que j'allais vivre en coloc avec Maïa, qu'il n'aurait aucun souci à se faire, que je ne sortirais jamais seule, bla-bla-bla, bref, toutes les conneries censées rassurer un frère surprotecteur. J'ai promis à mon père que j'allais décrocher un job de rêve avec salaire et primes, j'ai rendu les clés de mon deux-pièces d'étudiante et suis partie en train (tarif Prem's, vingt-cinq euros), avec la vie devant moi et Paris qui m'ouvrait ses bras. J'avais une niaque d'enfer et l'envie de tout bouffer.

Bon ben, le trip Rastignac, ça n'a pas duré très longtemps. Parce que je me suis aperçue que, dans cette ville, la niaque, tout le monde l'avait, même si eux ne l'appelaient pas comme ça.

Un mois après mon arrivée et cent cinquante CV déposés en mains propres (cent cinquante-deux exactement, et je vous épargne les lettres de motivation écrites à la main) plus tard, j'ai reçu un coup de fil de mon frère.

— Salut, frangine, tu vas halluciner ! Je viens d'avoir des nouvelles de Julien…

— Julien ?

— Julien Beaume, mon pote.

— Ah oui, l'autre con.

— Dis pas ça. Non seulement il est cool mais

en plus il va te sauver la vie. Son père a eu un infarctus et donc il est rentré des Etats-Unis pour reprendre la boîte familiale… Et devine quoi, petite sœur ?

— *Grande* sœur, ai-je rectifié par habitude de notre petit jeu.

— Il recherche un collaborateur de confiance ! Je lui ai parlé de toi et il a eu l'air impressionné par ton CV.

— Il était pas dans l'import-export de meubles, son père ?

— Si, c'est ça.

— Et donc ton pote est « impressionné » par mon CV d'agent assureur ? Tu crois pas que t'en fais un peu trop ?

— Bon, OK, il est peut-être pas *super* impressionné, mais en tout cas il est d'accord pour te recevoir. Qu'est-ce que t'as à perdre ?

— Ma dignité, peut-être ?

— Arrête tes conneries, il est pas comme ça…

Non, il est pire. Evidemment, j'ai gardé ce genre de réflexion pour moi et noté les coordonnées de Julien en me disant que de l'eau avait coulé sous les ponts et que je pouvais bien lui laisser le bénéfice du doute après tant d'années. J'ai donc pris mon courage à deux mains et composé le numéro que m'avait donné Jean. Une secrétaire revêche a daigné m'accorder un rendez-vous pour le lendemain, à 8 heures. Décor planté.

J'ai passé la porte à 7 h 50, juste ce qu'il faut en avance, rayonnante dans mon plus beau tailleur beige avec chemisier blanc et escarpins assortis. Je peaufinais mon sourire « spécial connard » en me tenant bien droite sur le canapé que la secrétaire guindée (pour ne pas dire « mal baisée ») m'avait désigné d'un index décharné, quand la porte s'est ouverte — ou bien, pour être précise, a explosé contre le mur.

— Elle est là ?

— Elle est là, monsieur Beaume, a confirmé la marâtre de Blanche-Neige en levant le même index par-dessus son écran d'ordinateur, ce qui m'a fait comprendre qu'« elle », c'était moi.

Ma première réaction a été de m'encourager mentalement avant de m'extraire du canapé avec un grand sourire. Ma deuxième (c'est fou ce qu'il peut se passer en moins de dix secondes dans la tête d'une blonde), de me dire qu'il avait l'air aussi pète-sec qu'avant. Mais j'ai vite remballé cette mauvaise pensée grâce à la thérapie personnelle que je partage avec une marque de baskets bien connue : *Think positive.* Enfin, ma troisième et dernière pensée, avant le trou noir qu'a constitué le quart d'heure de torture (d'entretien, pardon) qui a suivi, a été : *Waouh ! Je ne me rappelais pas qu'il était aussi beau !*

Bon, maintenant qu'on a un peu de temps, ce

qui n'était pas le cas le jour de l'entretien, je vais vous le décrire rapidement.

Il doit mesurer 1,85 m pour 75 kg, mais de muscles, ça va de soi. C'est ce genre d'homme à porter le costume comme Angelina Jolie porte ses robes haute couture : avec classe et décontraction. Les pantalons tombent parfaitement sur ses hanches et les chemises blousent juste ce qu'il faut au-dessus de la ceinture, comme si les vêtements avaient été moulés sur lui (ce qui n'est pas loin de la réalité quand on sait qu'il ne porte que du sur-mesure au prix que vous imaginez).

Venons-en à l'essentiel : il a les plus belles fesses que j'aie jamais vues. Et Dieu sait que je ne me suis pas privée de les observer la première semaine, chaque fois qu'il entrait dans son bureau en claquant la porte après m'avoir aboyé ses ordres — une manie plutôt pitoyable qui m'est passée dès que je me suis convaincue que le cul ne faisait pas l'homme.

Sinon, il a les cheveux d'un noir profond, des yeux verts incroyablement clairs et des dents blanches aussi bien alignées que des lignes sur un cahier.

Mais ce matin-là je me suis contentée d'un sifflement appréciateur silencieux et j'ai souri.

— Bonjour, Julien, quel plaisir de te revoir…

— Vous êtes en retard, a-t-il répondu sèchement en me montrant la direction de son bureau.

— Pardon ? Mais je croyais que nous avions rendez-vous à 8 heures…

— C'est exact. Et la première chose que j'attends d'un collaborateur, ce n'est pas tant la ponctualité que le souci de prendre les devants. Vous auriez marqué des points en arrivant à 7 h 30. Tant pis, a-t-il soupiré en m'indiquant une chaise.

Analyse rapide de la situation : ça n'allait pas être une partie de plaisir. Mon cerveau s'est mis en mode « survie » : tant pis, je n'étais pas à un échec près, mais j'allais lui faire comprendre qu'il n'était le roi que dans son entreprise minable et que je ne ferais pas partie de sa cour.

Je me suis assise sur le bord de la chaise, raide mais pas trop, et surtout prête à bondir, le cas échéant.

— Je vous prie de m'excuser mais, visiblement, nous ne partageons pas les mêmes règles. La mienne est de ne pas arriver trop tôt à un rendez-vous pour ne pas mettre mon interlocuteur mal à l'aise si lui-même a quelques minutes de retard.

— Me mettre mal à l'aise ? Bonne chance. Et si vous voulez arriver avant moi, surtout n'oubliez pas votre sac de couchage.

— Bien, je note pour la prochaine fois. S'il y en a une.

Ouverture des hostilités… Assis bien droit et décontracté à la fois (sûrement l'effet de ses costards sur mesure) derrière son bureau de verre, il m'a toisée avant de lâcher :

— Vous imaginez bien que vous ne devez ce rendez-vous qu'à l'obstination de votre frère et pas à votre CV (qu'il m'a agité sous le nez avant de le jeter comme un mouchoir sale). Autre chose : comme vous avez pu le constater, dans mon entreprise, on se vouvoie. C'est encore une de mes règles et elle vaut pour tout le monde, qu'on se soit croisés avant ou non.

Piquée au vif, j'ai maudit mon frère, ses bons plans et ses supercopains. Alors pour m'en sortir dignement, j'ai décidé de changer mon fusil d'épaule : j'allais démontrer à ce con que le poste était pour moi avant de l'envoyer balader ! Je l'ai regardé en souriant.

— Le vouvoiement me convient parfaitement. D'ailleurs, je suis de la vieille école pour qui c'est une marque de respect réciproque. A ce propos, je vous sais gré d'avoir pris sur votre précieux temps pour me recevoir et vous prie de m'excuser d'être arrivée avec dix petites minutes d'avance seulement. Pour éviter de vous retarder davantage, je propose de vous présenter rapidement mon parcours qui vous donnera une idée de mon professionnalisme et de mon adaptabilité.

Bien calé dans son fauteuil, l'index posé sous le menton pour mieux me regarder de haut, il a eu un petit rire sans humour.

— Votre adaptabilité… Intéressant. Et c'est cette adaptabilité qui vous a soufflé l'excellente idée de venir à cet entretien habillée comme un témoin de mariage ?

Je vous jure que c'est ce qu'il m'a dit. Bosser pour un mec comme ça, ce doit être l'enfer. Remarquez, verser du cyanure dans sa tasse doit être un crime que même le grand Hercule Poirot couvrirait. « C'était une ordure, c'était une ordure, votre honneur ! » Bref, comme je ne pouvais pas lui retourner une gifle, j'ai opté pour la pédagogie. Avec une pointe d'ironie, certes.

— Non, ça, c'est mon goût personnel. De toute façon, le noir aurait fait trop strict et les couleurs pas assez pro. Et puis je ne vous apprends sans doute rien en vous disant que le blanc est banni des mariages, sauf à vouloir concurrencer la mariée.

En guise de conclusion, je lui ai servi mon plus beau sourire carnassier et faux jeton à la fois. J'avoue surtout avoir pensé à me lever, lui jeter son affreuse plante en plastique au visage et faire demi-tour sur mes sublimes escarpins Cosmo (oui, je sais bien que, dans les livres, c'est des Manolo Blahnik, mais à l'époque ma réalité n'avait pas les moyens de la fiction). Mais quelque chose dans son visage m'a retenue, comme un infime sourire pincé, qui m'a fait comprendre que le salopard était en train de jouer avec moi. Ou de me tester.

— OK, je vous accorde un point.

— Formidable, avec ceux que j'ai perdus en arrivant, j'imagine que je vais bientôt remonter à zéro.

— Disons que c'est un début.

— Je suis à votre disposition.

C'est la première fois — et pratiquement la dernière — que j'ai senti chez lui comme une gêne. Il s'est aussitôt repris et m'a dit, plus raide que jamais :

— Alors commençons. Que connaissez-vous à l'import-export et aux meubles ? Et soyez honnête, c'est dans votre intérêt.

— Honnêtement, je ne connais rien de plus à l'import-export que ce que j'ai appris en fac.

Je vous épargne la petite leçon niveau master que je lui ai débitée, mais elle a semblé le convaincre puisque, contre toute attente, il m'a demandé de poursuivre.

— Quant aux meubles, eh bien la dernière fois que j'y ai réfléchi, c'est quand j'ai acheté les miens pour mon premier appartement.

— Et… ?

— Et j'ai l'impression que leur qualité baisse alors que leur prix monte. Aujourd'hui, tout le monde semble ravi de s'endetter sur trois mois pour une armoire qu'il faut charger dans sa voiture et monter soi-même, quitte à se brouiller avec sa femme et obtenir un résultat décevant après une journée de labeur. Au final, un meuble moyen de gamme et bancal dont on sera lassé au bout de trois ans, ce qui correspond de toute façon à sa date de péremption.

Il m'a gratifiée d'un de ses silences que j'ai encore aujourd'hui du mal à interpréter avant de commenter, à ma grande surprise :

— Intéressant. Finalement, vous correspondez peut-être plus au poste que ce que je pensais.

— Intéressant, ai-je répété comme un misérable perroquet.

Il ne m'a pas fait l'offense de relever.

— Voyez-vous, c'est justement la base de notre stratégie : le fait que la France ne sache pas ou plus produire de meubles et préfère importer malgré des frais trop lourds pour une qualité médiocre. Quand j'ai repris l'entreprise des mains de mon père, il la conduisait à la ruine…

J'ai vu une lueur de colère traverser son regard et je me rappelle avoir frissonné devant une telle absence de cœur. C'était le genre de type avec qui il valait mieux éviter de partager un radeau de sauvetage sous peine de se faire piquer tous les vivres. Je me suis dit que ce serait intéressant de le mettre sur la même île déserte qu'Angie, histoire de voir qui boufferait l'autre le premier.

— … Et donc c'est là que j'ai besoin de quelqu'un.

Evidemment, je n'avais rien écouté. J'ai pris l'air hautement concerné et ça a semblé fonctionner.

— … Mademoiselle Dennis ? Vous sentez-vous assez forte pour tenir ? Aurez-vous la carrure pour mener à bien des négociations de ce type ?

J'ai réfléchi à toute vitesse pour essayer de rattraper mes moyens avant qu'ils soient irrémédiablement perdus et je me suis lancée au culot :

— La carrure, je ne sais pas…, ai-je hasardé. Mais le travail en amont, le sens du contact, une bonne dose de repartie et un grand sourire, en général, ça fonctionne.

Il a hoché la tête avant de porter l'estocade.

— Une dernière question avant de vous libérer : que feriez-vous maintenant si je ne vous prenais pas ?

Je l'ai regardé droit dans les yeux, en avançant légèrement le buste.

— Je chercherais ailleurs. Il en faut beaucoup plus pour me décourager.

Il a laissé son corps jouer le même langage non verbal que le mien, s'est redressé pour se rapprocher de son bureau et, d'une voix suave et chaude que je ne lui connaissais pas, m'a demandé :

— Citez-moi une bonne raison de vous embaucher. Et épargnez-moi les clichés habituels.

J'ai planté mon regard plus profondément dans le sien et, les yeux brillants (mais était-ce d'excitation, de rage, de stress ou de convoitise pour ce type aussi désirable qu'odieux ?), je me suis lancée :

— Je vais faire mieux, je vais vous laisser réfléchir à ce que vous pourriez perdre si vous ne m'embauchiez pas… Vous êtes un joueur : prendrez-vous ce risque ?

Portée par mon audace, je me suis levée pour mettre fin à l'entretien. Sans dire un mot, il s'est levé à son tour pour se placer à mes côtés. Il m'a détaillée de la tête aux pieds puis est remonté vers mon visage en laissant son regard s'attarder un chouïa sur ma poitrine, m'a-t-il semblé.

— Vous me plaisez, a-t-il conclu en me tendant la main, et c'est rare que je le dise. Ne me décevez pas. Prenez le contrat en passant auprès de ma secrétaire et, s'il vous convient, revenez lundi.

J'ai saisi sa main en me retenant de hurler et j'ai souri.

— Parfait.

Ça ressemblait plus aux prémices d'un duel au Texas qu'à la conclusion d'un entretien d'embauche à Paris, mais bon, je me suis dit que j'aurais tout le temps d'analyser ça plus tard avec Maïa.

— Lisez bien le contrat. Le salaire est plus qu'intéressant mais j'exige en retour un comportement sans reproche et une totale dévotion de votre part, a-t-il précisé sans me lâcher la main.

— Parfait, ai-je articulé, en me demandant si je rêvais ou s'il avait, lui aussi, les yeux brillants.

J'ai retiré doucement ma main et, quelques minutes plus tard, j'étais dans la rue avec sous le bras un contrat qui semblait me brûler comme les flammes de l'enfer. J'avais envie de hurler, de joie/de colère/de soulagement (plusieurs réponses possibles). J'ai foncé jusqu'au métro, concentrée à l'extrême et complètement vide à l'intérieur. J'avais peur d'émettre le moindre son, de crainte qu'il soit derrière moi et me le reproche. Ce n'est que quelques stations plus tard que je suis sortie de cet état d'hébétude et que j'ai pu lâcher un « Putain ! » libérateur.

2. Là où il y a une bonne nouvelle… parfois une mauvaise se cache

On est mercredi. Plus que trois jours avant le week-end et les vacances. Enfin, « vacances »…

Dans une semaine c'est *le* mariage. Celui qu'on attendait tous et qui va permettre de réunir ma bande de potes.

« Les familles Elinor et Alain Schwartz et Jocelyne et André Dumont ont l'honneur de vous convier au mariage de leurs enfants Sophia et Paul, le 20 juillet 2013. La cérémonie commencera bla-bla-bla… » Cela faisait maintenant deux mois que nous avions reçu le faire-part et presque un an qu'on entendait parler de ce mariage.

« Nous », c'est les habituels : mon frère Jean, avec sa femme Carole, ma belle-sœur rigolote et toujours de bonne humeur que j'adore, et toute notre petite troupe, Matthieu (le bel et ténébreux homme de ma vie, qui met du temps à comprendre que je suis la femme de sa vie), Damien et bien sûr Angie. Il y a aussi Becky, le second témoin de Sophia (je tiens à « second »), qu'elle a rencontrée à Londres, où Paul et elle vivent depuis cinq ans. Becky est grande, blonde, gentille mais froide et coincée : *so british*, quoi.

Du côté du marié, *mon* Matthieu est le premier témoin et le second est Maxime, un Parisien, bel homme également, que j'ai eu l'occasion de rencontrer une fois, à un anniversaire. Un fêtard invétéré, si je me souviens bien. Maxime est coursier, je crois, ou un truc plus compliqué mais que j'ai simplifié sous le terme « coursier ». C'est tellement parisien de mettre des termes compliqués sur des choses simples, histoire qu'on vous respecte sans vous poser de questions.

Ajoutez à cela les quelque deux cents invités des deux familles et vous obtiendrez une bonne garden-party à la française. Au début, la perspective de ce mariage m'enchantait. J'avais prévu de descendre à Montpellier de toute façon pour prendre quelques jours de vacances. Après un an d'esclavage pour Godzilla, je m'étais dit que quelques jours de repos en famille, au calme, me feraient le plus grand bien. Certes, avec mon salaire, dont je n'ai pas le temps de dépenser un centime, j'aurais pu partir un mois à la Barbade, mais, outre le fait que je n'aurais jamais un mois de vacances à poser, il y avait maintenant un bon bout de temps que je ne m'étais pas *ressourcée en famille*. Qui aurait cru que j'emploierais cette expression un jour ?

Seulement voilà, c'était compter sans deux énormes impondérables.

Le premier, c'est Sophia, qui m'a mis le grappin dessus : « Je t'en prie, je suis overbookée, je ne m'en sortirai jamais sans toi, j'ai besoin de toi, et puis je ne connais personne [à son propre mariage, c'est ballot, quand même], je sais que tu voulais être en famille mais tu ne supporteras pas ton père plus de quatre heures, tu le sais bien. Jean et Carole viennent aussi, c'est à une heure de route de la maison alors tu vas pas faire les allers-retours, non ? »

Les parents de Paul avaient loué une propriété (en fait, un joli château) pour la semaine et les proches étaient hébergés d'office. Le gros des invités arriverait le samedi midi mais les témoins, les parents et les futurs mariés étaient priés de s'y rendre dès le lundi afin de surveiller le bon déroulement des opérations et de mettre la main à la pâte si nécessaire. En langage courant, ça s'appelle un traquenard.

J'avais fini par céder : je descendrais à Mauguio en train le samedi matin, je passerais le week-end avec mon père et mon frère et j'irais au château le lundi pour me dévouer corps et âme une semaine au service de ma meilleure amie. Ce qui, vous l'aurez compris, ne me réjouissait pas franchement. J'adore Sophia mais je la sentais d'avance tendue comme un string. Sans compter que sa famille et surtout sa belle-famille n'allaient pas me laisser une seconde pour traîner au bord de la piscine (forcément sublime) du domaine. Ça, c'était à parier.

Mon second facteur de stress, l'autre gros, énorme, monumental souci, qui risquait de transformer ma semaine de vacances comme psy/dame de compagnie de ma meilleure amie en interminable séance de torture, était la perspective de *sa* présence.

Car oui, bien sûr, en tant qu'ami proche du futur marié (rappelez-vous, c'est lui qui l'a aidé à conquérir Sophia), Julien était invité. C'était inévitable.

Justement, quand on parle du loup… (Non, on n'en voit pas la queue ! Il faut vraiment que je prenne des vacances, moi.) Julien passe dans mon bureau.

— Lydia, vous partez quand ?

Vous ne rêvez pas : après six mois il a daigné me *proposer* que l'on s'appelle par nos prénoms.

— Pardon ? Ça y est, vous voulez déjà vous séparer de moi ? Ou alors vous voulez savoir si je pars avant ou après minuit ce soir ?

Il me regarde d'un air niais.

— Quoi ? Au mariage, bien sûr.

— J'ai posé mes congés, Julien, et je vous l'ai dit, mais ça doit faire partie des nombreuses fois où je parle et où vous n'entendez que « bla-bla-bla ».

— Alors, pour la prochaine fois, tâchez d'éliminer le verbiage et apprenez à aller à l'essentiel, dit-il sans une once d'humour. Quoi qu'il en soit, chère et dévouée collègue, auriez-vous l'extrême obligeance de me repréciser vos dates de vacances et votre jour d'arrivée au château ?

— Oh ! mon Dieu, deux compliments dans la même phrase ! Mais qu'est-ce qui me vaut tant d'amabilité ? C'est la fin du monde ? Un proche va mourir et vous essayez de me ménager ?

— Ha, ha, ravi de voir que vous ne perdez pas votre cynisme avec l'âge…

— Ouf, vous me rassurez, j'étais prête à vous faire exorciser ! Eh bien, je pars vendredi soir après le boulot, c'est-à-dire vers 20 h 30 dans le meilleur des cas, et…

— Non, me coupe-t-il. J'ai besoin de vous pour m'aider à boucler un dossier. Nous devons présenter au comité la demande d'ouverture du magasin d'usine à Abidjan avant fin juillet et… Qu'est-ce que vous avez à me regarder comme ça ?

Incrédule, je finis par refermer la bouche et prends une grande inspiration.

— Vous plaisantez, j'espère ? Même un

tyran comme vous ne peut pas m'empêcher de prendre un peu de vacances pour le mariage de ma meilleure amie !

— Alors, rectification, je ne suis pas un « tyran » comme vous semblez le laisser croire à tout le monde… Et pas la peine de nier, j'ai bien vu la manière dont votre copine Maïa m'a regardé quand on s'est croisés par hasard dans ce bar.

— Croisés par hasard ? Parfois, j'ai l'impression que vous me suivez pour mieux me harceler…

— Ne prenez pas vos rêves pour des réalités, chérie.

— « Chérie » ? Je…

— Et deuxièmement, il n'est pas question d'annuler vos vacances. Je vous propose juste un arrangement. Vous savez déjà qu'en tant qu'ami des futurs mariés je suis moi aussi convié à la fête, n'est-ce pas ?

Je hais cette manie qu'il a de me couper la parole, je vous l'ai déjà dit ? J'acquiesce néanmoins en esquissant une vague grimace.

— Ravi que ça vous fasse plaisir. La bonne nouvelle, c'est que je vais aussi y passer la semaine.

Il se plante devant moi, les bras croisés et un sourire narquois aux lèvres.

— Vous allez finir par gober une mouche à rester comme ça. On ne vous a jamais dit que ça n'était pas très élégant ?

— Je vous demande pardon ? (J'ai réussi à refermer la bouche, et la colère reprend aussitôt le dessus.) De quel droit me donnez-vous des leçons d'élégance ? Est-ce qu'un client s'est déjà plaint de mon *manque d'élégance*, fais-je en mimant les guillemets du bout des doigts.

— Les clients semblent effectivement apprécier votre… féminité brute. Et c'est sûr que je ne peux pas vous accuser d'atteinte à la pudeur avec vos tailleurs stricts. Enfin, à part peut-être celui d'hier, mais rien de grave, en fait vous avez de jolies jambes.

Il prononce cette dernière phrase comme si c'était une surprise pas forcément agréable pour lui.

— Mes jambes vous remercient mais je ne me souviens pas d'une clause les concernant dans mon contrat de travail. Et je ne choisis pas ma garde-robe pour plaire à mon patron.

— Non, bien sûr, vous préférez réserver ça aux types que vous rencontrez dans les bars. A propos, ça s'est bien terminé avec celui de lundi soir ?

Il faut croire que ma rage est suffisamment palpable pour lui faire comprendre qu'il est allé trop loin.

— Bref, la conversation dérape, se reprend-il.

— On se demande pourquoi !

— Bon, fait-il, ignorant ostensiblement ma

remarque. Je voulais donc vous expliquer que samedi je descends en voiture chez ma mère et que j'ai besoin de vous…

— Quoi ?

— … pour le dossier. Nous le peaufinerons pendant les sept heures de trajet.

— Mais…

— Et je vous déposerai chez votre père. Nous nous retrouverons lundi au château, où nous aurons tout le loisir de travailler ensemble, de manière efficace et productive, tout en faisant bronzette au bord de la piscine…

— Hors de question ! dis-je en hurlant presque.

— Et pourquoi donc ?

Il se retourne pour me faire face, un peu trop près à mon goût.

— Premièrement, je suis malade en voiture et si je lis, ça ne rate jamais, je vomis. Désolée du détail, mais je ne voudrais pas ruiner vos beaux sièges en cuir. Deuxièmement, je ne vais pas au mariage de Sophia et Paul pour me *dorer* au soleil mais pour aider la future mariée qui est en pleine crise de nerfs. Enfin troisièmement, il est absolument hors de question d'avoir une relation professionnelle avec vous en maillot de bain !

J'ai dit tout cela d'une traite, sans respirer ni le quitter des yeux. Il approche encore un peu son visage du mien.

— Je crains de m'être mal exprimé. Ce n'était

pas une proposition, alors vous faites une note de frais pour tous les médicaments nécessaires et je vous laisserai même le volant si ça peut vous aider. Vous aurez tout le loisir de dispenser vos précieux conseils à la future mariée qui sera sûrement ravie de bénéficier de votre grande expérience en la matière, et vous m'accorderez votre entière attention le reste de votre temps libre.

Il fait une pause et me gratifie d'un sourire carnassier.

— Je vous laisse, je suis attendu, fermez en partant. Demain, je suis en rendez-vous toute la journée et vendredi, j'ai des courses à faire. Nous ne nous verrons donc pas avant lc grand départ. Pensez à voyager léger, ma voiture a un petit coffre. Je passe vous prendre à 6 h 30 : soyez fraîche et dispose. Et au fait, dit-il en se retournant, la main sur la poignée de la porte, tel Colombo qui aurait oublié une dernière question de la part de sa femme, je vous laisse votre vendredi après-midi de libre. Non, ne me remerciez pas. Et puis ça vous laissera tout le temps d'acheter un magnifique bikini pour me prouver votre féminité…

Il laisse sa phrase en suspens et claque la porte, juste à temps pour que l'agrafeuse que j'ai lancée dans sa direction vienne rebondir dessus avant de s'écraser par terre.

— Connard !

Je crois bien que je hurle dans le vide : il est sans doute déjà loin et la porte blindée est insonorisée.

Merde, merde, merde. Ça n'aurait pas pu être pire. Je ramasse mes affaires et fourre l'ensemble dans mon sac. De toute façon, ça ne sert à rien de rester au boulot, je suis incapable de me concentrer sur quoi que ce soit d'autre. Je ramasse l'agrafeuse par terre et observe les dégâts. Bravo, j'ai fait une bigne sur la porte. Je gratte avec mon ongle : le résultat est encore pire — pour la peinture de la porte et pour mon vernis.

— Eh bien tant pis, dis-je à la porte comme si elle était responsable de ce massacre.

Je la ferme sans ménagement (au point où elle en est) et je rentre chez moi.

En arrivant à l'appartement, je téléphone à Maïa et lui propose d'aller boire un verre à notre bar habituel, en bas de la rue.

— Avec plaisir ! Ce n'est pas raisonnable et je risque de le regretter demain, mais j'ai besoin de me changer les idées. Je suis vannée, Jules est sur les nerfs en ce moment et veut le deuxième tome au plus vite.

Jules est son éditeur et un ami sincère, mais il lui arrive d'être intransigeant sur les *deadlines* de ses auteurs. Et, à vrai dire, connaissant Maïa mieux que personne, je peux le comprendre. Toujours dans les nuages, oiseau de nuit plus que de jour, elle a une notion parfois floue de la réalité. Il n'y a qu'à voir son frigo, qui a de quoi effrayer un nutritionniste. Jules est là pour la canaliser et l'aider à gérer sa carrière. D'ailleurs, il y arrive plutôt bien si l'on en croit les bonnes ventes de ses polars historiques.

Nous nous retrouvons au bar, un Martini pour elle et une vodka citron pour moi.

— Je vais mourir…

— Toi, je ne crois pas : après une semaine avec lui, c'est plutôt toi qui vas le tuer. D'ailleurs, n'oublie pas de me faire un rapport régulier de vos prises de bec, ça commence à devenir intéressant. Plus qu'à transposer ça au XVIe siècle et j'ai mon prochain roman ! me dit-elle en me tendant son verre pour trinquer.

Je cogne mon verre contre le sien et prends mon plus bel air outré.

— Tu te fous de ma gueule ? Tu te servirais de mon malheur pour gagner de l'argent ? J'ai honte pour toi… Et tu transposes comment la demande de m'acheter un joli bikini dans ton Moyen Age ?

— Je t'ai déjà…

— … dit que le Moyen Age s'arrêtait au XVe siècle, on sait. Tu m'aiderais pas, là, au lieu de me faire un cours d'histoire ?

— Non, pas là. En fait, je trouve ça plutôt sexy.

— Quoi donc ? demandé-je en faisant signe au barman de nous remettre une tournée.

— Ton histoire. Beaucoup de belles histoires commencent par « Ils se détestaient, mais un jour la passion fut plus forte et… »

— Donc tu appelles ça une belle histoire ? C'est un truc d'écrivain ou tu as bu avant de me rejoindre ? Parce que moi, à mon deuxième verre, j'ai encore conscience que ce type ne voudrait pas de moi, même si j'étais la dernière survivante d'un catac…

— Ah ! dit-elle en pointant sur moi un index accusateur.

— Quoi ?

— Le ton a déjà changé. Tu dis « cet homme ne voudrait pas de moi » et non pas « je ne voudrais pas de lui ». Très symptomatique ta façon de présenter les choses !

— Dans ce cas, tout est symptomatique ! Pour être tout à fait honnête, ce qui me contrarie le plus, c'est sa remarque fielleuse sur mon prétendu *manque d'élégance*. Je ne sais pas ce qui m'a retenue de le gifler.

— Si c'est à ce point, pourquoi tu ne cherches pas du boulot ailleurs ? Tu n'avais pas eu une autre proposition d'embauche, d'ailleurs ?

— Aucun rapport ! dis-je en replongeant sans complexe dans mon verre de vodka citron.

Waah, c'est frais, ça fait du bien. Maïa repousse

son verre et se redresse, comme pour passer aux choses sérieuses.

— Si, justement, il y en a un. Laisse-moi t'expliquer. Tu m'as dit que, professionnellement, tu n'en pouvais plus de ce type, c'est ça ?

— Eh bien… c'est plus compliqué que ça. Je dois admettre que j'ai beaucoup appris à ses côtés et qu'il me paie plus que bien, mais en même temps, c'est parfois au-dessus de mes forces. Ce qui me reste de respect pour moi-même me dit que la coupe est pleine. Et puis, j'ai envie de passer à autre chose. Dans ma vie personnelle, tu vois. Jean et Carole sont mariés depuis plus de deux ans et je sens que je ne vais pas tarder à être tatie. Même Sophia a arrêté la pilule il y a quelques mois.

— Elle est folle ? Juste avant le mariage ?

— Non, évidemment, pour l'instant ils font très attention.

— Mouais, c'est risqué, quand même.

— Bref, parfois je me surprends même à regarder les femmes enceintes dans la rue. Attends, je t'arrête tout de suite : je ne veux pas de gosse pour l'instant. Mon plan de vie, ce serait de me calmer professionnellement, de trouver un homme, faire un peu ma vie avec lui… Bon, à ce rythme-là, je ne ferai pas de gamin avant 40 ans. Ou alors j'adopterai, ce sera peut-être plus simple.

— Bon, chérie, attends un peu avant de publier les bans et de choisir les prénoms, et écoute d'abord mon idée.

— C'est bien ce qui m'inquiète justement : ton idée.

— Quoi ? Dis donc, c'est pas parce que j'ai pas l'horloge biologique qui fait ding-dong que je ne te comprends pas. Enfin… OK, je te comprends pas. Rappelle-moi pourquoi on serait obligées d'avoir des enfants, déjà ?

— Laisse tomber, t'es unique toi.

— Je vais prendre ça comme un compliment.

— Bon alors, c'est quoi ta fameuse idée ?

— Ah, enfin ! Bon, l'idée, c'est que tu changes de job rapidement et en douceur, pour commencer à caler tes congés maternité avec un futur boss qui ne pourra pas être pire que celui-là, dit-elle en levant la paume pour m'empêcher de l'interrompre. Mais avant ça, pars la tête haute ! Fais payer ce petit fils de pute, qui est peut-être un suppôt de Satan mais qui est aussi beau comme un dieu. Profites-en, force-le à changer d'attitude avec toi ! Tu as une semaine pour lui montrer quelle fille parfaite tu es. Je t'ai déjà vue à l'œuvre, tes méthodes sont pitoyables mais ça semble marcher.

Je manque de m'étouffer avec ma vodka.

— Pitoyables, mes méthodes ?

J'essuie une coulée citronnée sur mon menton.

Maïa semble très satisfaite de ma réaction et reprend :

— C'est ça qui est trop fort chez toi : tu réagis sur cette partie du discours mais tu ne sembles pas choquée par ma proposition… J'en déduis donc que tu acceptes.

— Minute, papillon…

— Par contre, évite de lui sortir des expressions de grand-mère.

— Ta gueule.

Maïa ne le prend pas mal une seconde et me sourit. L'insulte amicale, c'est notre mode de communication habituel. Oui, je sais, ça peut paraître bizarre, mais si vous connaissiez Maïa, vous changeriez votre notion de « bizarre ».

— Donc, si je comprends bien, tu proposes que je me ridiculise juste pour te prouver que j'ai raison et que je n'intéresse pas ce type ? Tu n'as pas pu louper la bimbo qu'il avait à son bras la dernière fois qu'on l'a croisé, quand même ?

— C'est vrai que, dans le genre plantureux et stéréotypé, elle se posait là. Mais je n'ai pas dit que tu l'intéressais déjà, même si je pense que c'est fort probable et que son agressivité cache juste un désir refoulé…

— Tu lis trop de livres…

— … j'ai dit que tu pouvais l'intéresser. Alors séduis-le, mais subtilement, sans te dévoiler, juste pour voir. Et ne couche pas avec si tu n'en as pas envie. Cela dit, tu serais bien conne, mais bon…

— C'est tout vu, c'est hors de question ! Je considère déjà que j'aurai de la chance si je ne vomis pas à cause des hectolitres de vodka qu'il me faudra pour supporter ce mariage, et surtout lui, ou parce qu'il m'aura fait bosser pendant les sept heures de trajet. Alors ton opération « séduction subtile », tu peux lui dire adieu.

Sur ce, nous changeons de sujet et passons la soirée à plaisanter de tout et de rien, l'un de ces moments futiles et indispensables entre amies, comme une parenthèse dans une vie tumultueuse. Le calme avant la tempête, quoi. Ou déjà, sans qu'on le sache, dans l'œil du cyclone.

3. Qui a dit que la vie était un long fleuve tranquille

Je dirais plutôt « un chemin semé d'embûches »...

Samedi, 6 h 15. Je suis prête, « fraîche et dispose ». Enfin, relativement.

J'ai tellement perdu l'habitude d'avoir du temps pour moi que ce vendredi après-midi libre a complètement déréglé mon horloge interne. A 18 h 30, je dînais, à 20 heures, ma valise était prête et à 22 heures, je somnolais devant une série, je ne sais même plus laquelle tellement elles se ressemblent toutes. Pour une fois, je me suis mise au lit dès les premiers bâillements et, contre toute attente, je me suis aussitôt endormie.

En revanche, j'ai atrocement mal dormi. J'aurais dû acheter des somnifères hier en même temps que les pastilles pour le mal des transports. Je me suis réveillée plusieurs fois, en proie à l'angoisse du réveil qui ne sonne pas et de lui, furieux, en train de tambouriner à ma porte. Bon, j'aurais dû savoir que c'était juste un cauchemar parce que, pour commencer, je n'ai pas de réveil. C'est mon iPhone qui s'en charge. Pour l'occasion, j'avais choisi *Knockin'on Heaven's Door*, des Guns N'Roses, en guise de sonnerie. Je sais pas pourquoi, une envie subite d'un bon vieux hard rock slow… même si *Highway to Hell* aurait probablement été plus approprié en l'occurrence.

Je me sers un café. Je n'aime pas le café, ça m'écœure, mais je me dis que ça pourrait m'aider à rester éveillée toute la journée. J'ajoute un nuage de lait pour atténuer l'amertume. Les Guns ne m'ont pas réveillée car je me retournais dans mon lit depuis 5 h 30, mais j'ai laissé l'iPhone passer les riffs de guitare électrique jusqu'au bout, pour le plaisir. Parce que, oui, j'ai des goûts de vieux et je les assume.

Ce qui fait que maintenant j'ai la mélodie dans la tête… Ajouté à ma fatigue, ça fait un mélange formidable. « Fraîche et dispose », quoi.

Je suis sur le canapé, raide comme un piquet, ma valise et mon vanity à mes pieds, ma petite veste pour la fraîcheur parisienne pliée délicatement à côté de moi, ma tasse de café au lait presque finie sur la table basse, et j'attends. Je me demande pour la énième fois si j'ai bien fait de ne prendre qu'un seul jean, si la robe choisie pour le mariage ira ou si je devrais prendre la deuxième au cas où, puis je me redis que de toute façon je n'ai pas le choix vu que rien ne rentre dans cette valise riquiqui…

6 h 25 : il sonne. Eh bien, cinq minutes d'avance seulement ! Il pourrait presque passer pour quelqu'un de normal. C'est inquiétant. Je me lève et j'ouvre. Il est en jean, polo bleu clair, pull sur les épaules. Il est à tomber. Puis je me rappelle à qui j'ai affaire et je lâche donc un « bonjour » le plus neutre possible.

— Bonjour, Lydia. Il fait froid, vous n'allez pas sortir comme ça ?

— J'ai pris une veste, merci.

— Une veste ? Pas très pratique pour voyager.

— Pratique, je ne sais pas, mais c'est plus léger qu'un pull et plus chaud qu'une chemise. Mais je vous remercie de vous en soucier.

— On baisse les armes ou ça va durer tout le voyage ? Dans le second cas, ça risque d'être très long, ajoute-t-il en me prenant ma valise des mains.

— Je ne suis pas armée de si bon matin, dis-je en levant les bras. A propos, vous m'épatez : 6 h 25 ? Ponctuel et pas en avance ?

— J'ai retenu vos conseils. Je sais que vous n'appréciez pas les gens qui arrivent trop tôt. J'ai donc attendu une demi-heure en bas de chez vous.

— Vous plaisantez ? dis-je en finissant de ramasser quelques dossiers sur la table basse.

— A quel propos ? Vos conseils ou l'attente en bas de chez vous ?

— Les deux.

— Oui et non, fait-il en souriant. C'est pour ça que je dis qu'il fait froid ce matin.

— Je confirme : le voyage sera long, dis-je en le devançant dans l'escalier.

L'avantage de donner rendez-vous à 6 h 30, c'est qu'on trouve des places même à Paris. La BMW X6 de Julien est donc garée juste devant la porte de mon immeuble. Attendez… j'ai bien dit « X6 » ?

Je me retourne et le regarde d'un air interrogateur.

— J'ai changé d'avis, dit-il en ouvrant le gigantesque coffre qui pourrait contenir dix valises comme la mienne. Je me suis dit que le cabriolet, pour sept cents bornes, ce ne serait pas le plus confortable. Et puis j'ai pensé à vos bagages…

Je réponds à son sourire par une grimace.

— Charmante attention.

— Ne le prends pas mal, j'ai cru qu'en tant que femme tu n'aurais pas respecté ce détail. Mais c'est vrai que tu ne fais rien comme tout le monde.

Il referme le coffre presque vide, m'ouvre la portière passager et s'installe au volant.

— Alors premièrement, encore une allusion

au fait que je ne sois pas classée dans la rubrique « femmes » et je fais un malheur, deuxièmement, je croyais que je devais conduire, et enfin troisièmement, c'est quoi cette nouvelle lubie ? On se tutoie maintenant ?

Il démarre et me regarde d'un air pensif.

— Ça y est, c'est fini ? C'est étonnant cette façon que tu as de toujours tout classer, même quand tu engueules les gens. Je me demande si c'est pareil au lit…

Il rit et bientôt nous sortons de Paris. Je me tais, partagée entre l'agacement, la stupeur, la colère et… non, à la réflexion, c'est l'agacement qui domine.

Il rompt le silence.

— Je te rassure, Lydia, tu vas conduire, mais je me disais qu'on allait d'abord rouler un peu et s'arrêter sur l'autoroute pour prendre un bon petit déjeuner. Ensuite, oui, on se tutoie. On se connaît depuis qu'on est ados, tous nos amis seront présents et ce serait un peu ridicule d'être les deux seuls à se vouvoyer au bord de la piscine. Et puis ce qui se passe au boulot ne les regarde pas. Ils ne sont pas censés savoir que tu me détestes et que tu as déjà réfléchi aux cinquante façons de mettre du cyanure dans mon café du matin pour le plaisir de me voir mourir à petit feu la bave aux lèvres. Et si on décrétait une trêve pour la semaine ? Toute guerre digne de ce nom a ses trêves, non ?

Je pose ma veste et mes dossiers sur le siège arrière et me cale dans le fauteuil pour reprendre mes esprits avant de lui répondre :

— Bien. Alors premi…

Oh mon Dieu, il a raison. J'arrête net en priant pour qu'il ne s'en soit pas aperçu — ce dont je doute un peu, vu son air encore plus satisfait que d'habitude.

— OK. Je veux dire, d'accord pour le tutoiement mais on va y aller en douceur pour la trêve. Je préfère rester sur mes gardes, j'ai été bien habituée avec vous… toi !

— A ce point ? sourit-il sans quitter la route des yeux.

— Mon père m'a toujours dit : « Méfie-toi des chiens qui ont des dents, ils pourraient mordre. »

Il rit franchement.

— Et que dois-je comprendre ?

— Qu'un chien a *toujours* des dents, que c'est dans sa nature de mordre et qu'il faut donc *toujours* se méfier.

— Et c'est à ça que je te fais penser ?

— Exactement.

Il sourit et un nouveau silence s'installe, plus apaisant, celui-là. Je souris en coin et je dis :

— Oh ! à propos, c'est le jus d'orange.

— Pardon ? fait-il en me lançant un coup d'œil de côté.

— La meilleure façon d'administrer le cyanure. Je me suis renseignée, c'est pas dans le café mais dans le jus d'orange. De toute façon, quand j'arrive, tu as déjà fini ton café. Et donc sur les quarante et une façons que j'ai étudiées, le jus d'orange gagne haut la main…

Sur quoi j'allume la radio et souris à pleines dents.

— En parlant de chien qui mord…, dit-il en accélérant.

A défaut de la guerre, je viens de remporter une petite victoire. « Contente-toi de peu si tu veux être heureuse. » Encore l'un des conseils à la con de mon père. Mais ce matin, enfoncée dans mon confortable siège en cuir, je le trouve soudain très pertinent.

Après trois cents kilomètres de trajet plutôt paisible à discuter du dossier (on ne s'est presque pas écharpés sur les choix musicaux mais, à vrai dire, mon éclectisme en la matière nous a sûrement facilité les choses), on décide enfin de faire une pause. Il est 9 h 40, je commence à piquer un peu du nez à cause du manque de sommeil couplé aux médicaments contre le mal des transports, et grignoter quelque chose va me faire le plus grand bien. Le petit déjeuner est agréable. Il fait soleil, on mange sur la terrasse.

Julien ne cesse de m'étonner, moi qui l'aurais plutôt cru du genre à stresser ses passagers et à ne tolérer qu'une pause pipi toutes les quatre heures, il prend son temps, s'installe et sirote son café sans quitter ses Ray-Ban. Quand on revient devant la BM, il me met les clés sous le nez.

— Tu te sens de conduire ?

Il croit quoi ? Je lui prends le trousseau des mains et monte côté conducteur.

— A ton avis ? Tu crois que je panique parce qu'elle est trop grosse ?

— Non, je ne pense pas que ce soit ton genre…, dit-il en prenant la place du mort.

En fait, oui, je panique un peu. Mais ça, je ne l'avouerais pour rien au monde.

Je respire un grand coup et regarde les commandes tout en cogitant sur le nombre de mois (ou d'années) de salaire que représenterait un accroc dans la carrosserie de cette merveille. Ouf, c'est pas une boîte automatique. J'arrive à sortir en marche arrière sans encombre et lui jette un coup d'œil. Il a l'air de sourire mais c'est difficile de déchiffrer son expression derrière ses lunettes noires. Je le hais, c'est ça, c'est la seule explication plausible à cette espèce d'allergie constante que j'ai en sa présence.

Nous roulons depuis un petit bout de temps déjà, le dossier est presque prêt. Dans un accès incontrôlé de jeunesse et de fougue, je me risque à nous complimenter :

— Waouh, on a bien avancé, bon boulot !

Il s'arrête de taper sur l'ordi et me regarde par-dessus ses lunettes.

— C'est bien la première fois que tu associes « on » et « bon » dans la même phrase. Est-ce que j'aurais une chance d'échapper au cyanure ?

— Eh bien, le verdict n'est pas définitif mais on a décrété une trêve, je crois, non ?

— Exact, alors maintenons-la.

Vers 14 heures, morts de faim, nous nous accordons une nouvelle pause. En ouvrant la portière, je suis frappée par la chaleur et bénis la clim.

— Bienvenue dans le Sud, dit-il.

— On n'est plus qu'à une heure de route. Tu es sûr que tu veux déjeuner ? On peut se dégourdir les jambes cinq minutes et y aller directement.

— Je ne sais pas toi, mais moi, je ne suis pas spécialement pressé de voir ma mère. Et puis j'ai faim. Donc on fait vite si tu veux, mais je ne repars pas sans avoir mangé quelque chose.

J'acquiesce et descends de la voiture sans pouvoir m'empêcher de commenter :

— Le retour de l'enfant prodigue ! Ce doit être un plaisir pour ta maman de t'accueillir à la maison, non ?

Il fait le tour de la voiture et m'attrape par le bras avec une force qui me surprend.

— Je ne t'autorise pas à juger ce que tu ne connais pas, alors garde tes réflexions pour toi. Tu gères ta vie et moi la mienne, OK ?

Je secoue mon bras pour l'arracher à son étreinte. Il ne me fait pas mal mais je n'aime pas me sentir piégée.

— On montre de nouveau les crocs ?

Je ne peux pas voir ses yeux, toujours cachés derrière ses lunettes sombres. On marche vers le restau en silence.

A table, il semble se détendre et relève même ses lunettes sur la tête (alléluia, revoilà ses yeux verts) pour me dévisager. Bon, finalement, j'aimais mieux les lunettes. Les miennes me protègent du soleil mais pas de son regard. Note pour plus tard : changer pour une paire de verres plus sombres.

— Désolé pour tout à l'heure. Je n'aurais pas dû réagir comme ça.

Je reste muette. Des excuses, une première.

— J'ai peut-être été indélicate. Sûrement même. En tout cas tu as raison, je n'ai pas à juger ce que je ne connais pas.

J'ai cru qu'il allait se confier mais, encore une fois, mon optimisme me perdra car, au lieu de ça, il demande :

— Alors, qui allons-nous retrouver exactement

à ce mariage ? Ton frère Jean, je suppose, et sa femme Carole ?

— Oui, ils y seront, bien sûr. Ils arrivent lundi aussi et passent la semaine avec nous.

— Je m'en doutais un peu. Et qui sont les témoins ? Ce petit prétentieux de Matthieu ?

A ces mots, j'agrippe ma fourchette en plastique comme si j'allais la lui planter dans la main. Matthieu, prétentieux ? C'est vraiment l'hôpital qui se fout de la charité !

— Waouh, relax ! Tu en pinces encore pour lui à ce que je vois ! C'est vrai que vous avez eu une histoire ? Ou même plusieurs histoires ?

— Si j'« en pince » pour lui ? Qui emploie encore ce genre d'expression aujourd'hui ?

— 1-0, je retire. Mais tu n'as pas répondu à ma question. Vous êtes sortis ensemble, non ?

— Une ou deux fois, oui.

— Seulement ?

— Ou plus, j'en sais rien, je ne tiens pas les comptes.

— Le pitbull montre les dents…

— Décidément, j'aurais mieux fait de la fermer avec mes histoires de chiens.

— Qu'est-ce qui n'a pas marché ?

— J'en sais rien, dis-je en toute sincérité. Peut-être qu'on n'était simplement pas prêts ?

— C'est des conneries, ça. Il n'y a pas de sonnerie intérieure qui annoncerait l'ouverture des soldes. Désolé, chérie, mais ce genre de truc n'existe que dans les films.

— Arrête de m'appeler « chérie ». On suspend les hostilités, d'accord, mais deux fois « chérie » dans la même semaine, c'est trop, même pour mes nerfs pourtant bien rodés à ton contact.

Je finis mon repas et secoue le plateau au-dessus de la poubelle.

— Oh ! si on ne peut plus plaisanter…, dit-il en vidant son plateau à son tour. OK, j'arrête ! Dommage, j'aime bien te voir démarrer au quart de tour !

Je me retourne, furieuse.

— Quoi ? Je déteste qu'on dise ça ! C'est complètement idiot de s'amuser à énerver les gens…

— Très bien ! dit-il en souriant. Un jour, tu me feras la liste de ce que tu aimes et ce que tu détestes… Ça ira plus vite.

— Certainement pas ! Il est hors de question de donner des arguments à l'ennemi.

C'est sorti tout seul et je regrette d'avoir employé ce mot.

— Un ennemi ? C'est comme ça que tu me vois ? demande Julien.

— Non, je ne te vois pas, c'est tout. Sauf dans mes cauchemars.

— Moi aussi je t'ai déjà vue quand je dormais,

mais ça n'avait rien d'un cauchemar. Ni pour moi ni pour toi, d'ailleurs…

Je le regarde en biais, il a un sourire énigmatique. Nous montons en voiture, il se met côté conducteur, ce qui me va car cet échange m'a épuisée.

C'est quoi cette nouvelle façon de me parler par allusions sexuelles à peine voilées ? La fatigue commençant à se faire sentir, je renonce à entrer dans son jeu… et je m'endors, bien calée dans mon siège moelleux, bercée par la musique douce.

— On est arrivés, ma belle.

« Ma belle » ? La voiture, le voyage, la clim, Julien : tout me revient comme une vague. J'ouvre les yeux en faisant comme si j'étais parfaitement réveillée, mais je dois encore avoir la trace de la ceinture sur ma joue.

— Tu m'as appelée « ma belle » ?

— Ah oui ? J'ai fait ça ? Une erreur de jugement, sûrement.

Mais pourquoi je le cherche, dites ? Pourquoi ? Je ne peux pas fermer ma grande gueule, juste une fois ?

Il gare la voiture devant chez mon père. Je descends et, pendant que je m'étire discrètement, il va ouvrir le coffre et en sort ma valise — miniature, je reprécise — et mon vanity. Je ne sais pas quoi lui dire et il m'épargne la peine de réfléchir plus longtemps.

— Repose-toi bien pour être en forme lundi, pour la future mariée et pour moi. Professionnellement, j'entends, précise-t-il avec un grand sourire.

Je lui rends un sourire qui ressemble sûrement plus à une grimace et qui le fait éclater de rire alors qu'il remonte dans sa voiture.

Lorsqu'il démarre, je sens toute la fatigue accumulée cette année tomber sur mes frêles épaules.

Mais j'ai à peine le temps de m'apitoyer sur moi-même puisque la porte s'ouvre à la volée derrière moi sur Museau, notre vieux labrador noir, qui déboule en courant. Je sais que je ne devrais pas m'en vanter, mais c'est moi qui lui ai trouvé son nom quand on l'a adopté. J'avais 15 ans et lui tenait à peine sur ses pattes. Jean voulait l'appeler Truffe — ben oui, quand on est jumeaux on a parfois des tares communes — et quand on a tiré à la courte paille, la mienne était la plus longue. Ça a donc été Museau.

Museau, qui aujourd'hui me fait la fête en bonne et due forme, avec Carole juste derrière. Elle me serre dans ses bras.

— Je n'y ai pas cru quand tu m'as dit que tu arrivais finalement en voiture ! Faut être folle pour faire la route par cette chaleur, et puis le train aurait été plus pratique, non ?

— Bonjour, Carole, comment tu vas ? dis-je en l'étreignant et en lui faisant la bise. Jean ne t'a pas dit ? Je n'ai pas vraiment eu le choix. C'est son psychopathe de copain qui voulait profiter du trajet pour bosser, et je crois que monseigneur n'aime pas voyager avec le commun des mortels.

— Julien ? Il est déjà reparti ? Il aurait pu prendre le temps de dire bonjour ! Bon, j'imagine qu'il devait avoir hâte de retrouver sa mère.

— Je ne crois pas, non. La prochaine fois qu'il se précipitera pour voir sa mère, je crains que ce soit à ses funérailles, pour peu qu'il y ait un héritage, bien sûr, dis-je en souriant, contente de mon mauvais esprit et lc maudissant d'être enfin revenu alors que Julien n'est plus là pour en profiter.

— Mais quelle peste, c'est pas vrai ! fait une voix derrière mon dos. Salut, petite sœur !

— *Grande* sœur !

Je le serre dans mes bras et il me regarde comme si je revenais d'un pays en guerre.

— Je suis épaté, je n'aurais jamais cru que vous arriveriez tous les deux entiers à destination. Allez, sœurette, avoue : tu as enterré le corps ? Et la voiture avec, j'imagine ? Trop forte !

Je ris pendant que Jean prend ma valise, et Carole, mon vanity. Bras dessus, bras dessous, on entre dans la maison, précédés par Museau.

— Qu'est-ce qui te faisait dire qu'on allait

s'étriper ? Si ça se trouve, nos relations se sont améliorées et tu n'en sais rien.

— Ça m'étonnerait ! J'ai régulièrement Julien en ligne, tu sais.

— Pardon ?

— Qu'est-ce qui t'étonne ? Que je l'ai en ligne ou qu'on parle de toi ?

— Un peu les deux, en fait.

— Rien de bien sérieux, je te rassure. On s'est beaucoup parlé pour l'enterrement de vie de garçon de Paul, le mois dernier. Julien a plus de contacts à Londres que Matthieu et moi, et il nous a bien aidés pour l'organisation. Et donc, quand je l'ai, j'en profite pour lui poser des questions sur ma sœur. Je m'inquiète pour toi, seule à Paris.

Il me pose un bras protecteur sur l'épaule.

— Tu n'as pas à t'inquiéter, Jean…

— Je sais, me coupe-t-il (décidément, c'est une manie), c'est ce que Julien m'a dit. Il a même ajouté que c'était plutôt la population masculine de Paris et des alentours qui avait du souci à se faire.

— Oh ! Je…

— Bonjour, ma chérie.

Cette fois, c'est mon père qui m'interrompt, mais c'est sans doute mieux comme ça.

— Bonjour, papa.

Recâlins. On le suit tous sur la terrasse pour

un petit pastis, comme au temps de Pagnol, où rien ne change et surtout pas la douceur de vivre.

Après un long repas émaillé d'anecdotes synonymes de retrouvailles familiales, je vais me coucher pour ma première bonne nuit de sommeil depuis… eh bien, une année, je dirais.

Dimanche matin : ça commence, mon téléphone sonne.

— Tu es arrivée ? !

La voix surexcitée de Sophia me vrille les tympans et je baisse frénétiquement le volume de l'iPhone pour éviter la surdité.

— Oui, ma chérie, depuis hier soir !

— Oh ! Lydia, j'ai trop hâte de te voir. Lundi, ça va être long, j'ai tellement besoin de toi !

Heureusement que j'ai bien dormi car je sens que je vais avoir besoin de toutes mes capacités mentales et physiques. Mon instinct de survie me dicte de profiter pleinement de ce dimanche avant une semaine qui promet d'être longue. Très longue. Je réussis à raccrocher après avoir rassuré Sophia en lui répétant cinquante fois que oui, tout allait se passer comme prévu. C'est le moment que choisit mon téléphone pour émettre le « ping » d'un texto :

Encore en vie ?

Maïa.

Oui merci.

Je parlais de lui.

Ah ah.

Tu en as profité pour faire ce que je t'ai dit ?!?

Non!!

OK, moi je dis ça, je dis rien…

Eh ben dis rien.

… en tout cas amuse-toi comme une petite folle et oublie un peu Matthieu.

Quoi ????

T'as très bien compris.

C quoi ce délire ? C nouveau ? Depuis quand t'as un pb avec M. ?

Avec M. depuis jamais, C avec toi que G un pb. Tu veux une vraie vie, alors regarde les choses en face, C pas avec lui que tu l'auras, il sera jms prêt.

Et t'attends de me le dire par texto C ça ?

\+ facile.

Et en draguant Julien je me cale sur un projet de « vraie vie » tu crois ?

Non ms au moins tu t'éclates. Relis la 1re partie du texto : « amuse-toi comme une folle ».

T barrée complet ma pauvre.

Moi aussi je t'aimeu.

Je pose l'iPhone et descends me mettre à l'ombre sur la terrasse. J'y trouve Carole, seule avec son café et un magazine. Un grand classique du dimanche matin à Mauguio : les femmes profitent de la solitude à la maison tandis que les hommes vont au marché. Et si on les cherche d'urgence, on sait qu'ils sont au bar de la place de la Mairie avec des voisins ou des copains. Nettement plus simple que la vie parisienne.

Carole lève le nez de son magazine.

— Alors, bien reposée ?

— Oui, super, merci. Ça fait du bien d'être ici, j'ai dormi comme un bébé.

— Retour aux sources…

— En quelque sorte. Et toi, alors, comment tu te sens ?

Je sais que depuis leur mariage Carole et Jean essaient d'avoir un enfant, et même si nous n'avons jamais vraiment abordé le sujet toutes les deux, j'ai cru déceler quelques difficultés. Sa mine sombre de ce matin semble le confirmer.

— Moi ? Ça va.

Je laisse planer un léger silence, ce qui, en

général, fonctionne plutôt bien quand quelqu'un a besoin de se confier… D'ailleurs, ça ne loupe pas.

— Non, en fait, ça va pas du tout. J'étais persuadée que cette fois-ci ça avait marché, et ce matin j'ai fait un test. Je l'ai acheté cette semaine à la pharmacie et je voulais attendre le dernier moment pour le faire.

Elle soupire et j'attends la suite en l'encourageant du regard.

— Et rien. Je suis indisposée, lâche-t-elle dans un léger sanglot.

— Ma chérie, je suis désolée, dis-je en faisant le tour de la table pour la prendre dans mes bras.

— C'est rien, c'est pas grave, une autre fois… Enfin la vérité, c'est que j'en peux plus des « la prochaine fois ». Et si ça ne marchait jamais ? Et si on ne pouvait pas avoir d'enfants ? C'est tellement important pour moi, mais c'est surtout pour Jean… Je sais que ça compte énormément pour lui.

— Ah bon ?

— Tu sais, vous êtes à la fois très semblables et très différents, tous les deux. Il n'a pas ta force, et quand je vois la manière dont il regarde les bébés, ça me fend le cœur. Il a tellement d'amour à revendre…

— Oui, je vois ce que tu veux dire. Peut-être aussi qu'il a quelque chose à combler. J'avais peur que le départ de notre mère l'ait affecté au point qu'il ne veuille pas avoir d'enfants, et puis il t'a rencontrée. Avec toi, c'est différent, il sait que tu n'es pas *elle*, il te fait confiance et il sait qu'il peut retrouver la structure familiale qui lui a manqué.

Je m'arrête de parler et je m'aperçois que Carole me dévisage.

— Waouh, depuis quand tu donnes dans le psy ? Ça vient d'une de tes séries à la con ou quoi ?

On éclate de rire toutes les deux, ce qui nous fait du bien et semble arrêter ses larmes.

— Non, dis-je en lui replaçant une mèche derrière l'oreille, mais je change, moi aussi. Et puis j'adorerais être tata, d'ailleurs, je suis sûre que je le serai bientôt et que j'assurerai dans le rôle !

— Oui, ça, je n'en doute pas, pour les bêtises surtout…

— Entre autres, mais… crois-moi ou non, ça commence à me travailler aussi.

— Eh bien, on peut dire que la vie parisienne te réussit finalement !

On rit de plus belle. C'est le genre de petits moments précieux qui ne sont pas forcément les plus drôles mais où la proximité de ceux qu'on aime suffit à nous faire du bien.

La journée passe à toute allure, ponctuée d'une douzaine de coups de fil de Sophia qui veut savoir comment je vais, quand j'arrive, ce que je pense de tel élément de déco… Je reçois aussi trois textos de Julien qui me demande des précisions sur le dossier. Bref, quand arrive le soir, je suis vannée avec une seule envie : retrouver mon lit.

En attendant, je regarde le soleil se coucher au-dessus des maisons d'à côté et, pour la première fois depuis que je suis arrivée, je sens déferler une vague de nostalgie. Je suis bien ici. Je n'ai aucune idée de ce que me réserve l'avenir. Je ne sais pas si je garderai mon travail, si je resterai à Paris, si j'abandonnerai tout, si j'aurai des enfants, si je pardonnerai à ma mère, si Carole aura des enfants, si les fleurs de Sophia seront encore fraîches pour le mariage, si Matthieu me regardera différemment, si je coucherai avec lui, si j'enverrai chier Julien définitivement. Tout ça me semble soudain secondaire, comme si trop de questions tuaient les questions. Comme si tout ça n'avait pas d'importance. Pour moi, ce soir, tout est possible. Je le sais, je vais prendre ma vie en main et demain le monde m'appartient.

Je crois n'avoir jamais aussi bien dormi de toute mon existence.

4. Le début des emmerdes…

Lundi matin. Une voix familière résonne dans la cuisine, d'où émane une délicieuse odeur de café. Ben quoi ? Ce n'est pas parce que je n'en bois pas que je n'en aime pas l'odeur. Laissez-moi être comme tout le monde, au moins au réveil !

Au réveil ? J'émerge doucement de ma torpeur et j'attrape mon iPhone à bout de bras. 7 heures ? Mais qui est le malade qui braille dans la cuisine à une heure pareille ?

Je me lève et m'apprête à descendre quand j'identifie enfin ce timbre familier qui m'a sortie du sommeil. Julien ! Changement de programme, je ne descends pas : direction la salle de bains pour une beauté express. Hors de question de sortir de là avec les cheveux en vrac et une haleine pas fraîche.

J'ai aussi l'impression désagréable que la nuit a éliminé mes belles résolutions du coucher du soleil. Tout me paraît soudain aussi stressant qu'avant mon départ. Mais je réfléchirai à ça plus tard, il faut que je me grouille. Mais d'abord, pourquoi il est là, bordel ? Ah oui, il a dit qu'il passerait me prendre. Mais à cette heure-là ? Et Matthieu ? Il est arrivé ? Bon, il faut absolument que je mette mes pensées en ordre et que je me calme.

Je prends une douche rapide, me lave les dents, mets une touche de parfum, un zeste de mascara et passe une petite robe en coton simple avec des talons compensés. C'est bon, je suis parée pour la bataille. Ou bien est-ce que j'ai juste fait ça pour Julien ? J'ai beau me dire qu'il n'y a pas de mal à vouloir être toujours à son avantage, j'entends le rire de Maïa qui résonne dans ma tête.

J'entre dans la cuisine en lançant un « bonjour » à la cantonade. La cantonade, c'est Julien, Jean et mon père, assis devant un solide petit déjeuner, dans une ambiance apparemment légère et décontractée. Enfin, plus maintenant, on dirait. C'est moi qui les crispe ou quoi ? Pourquoi ils me regardent comme ça ?

— Salut, sœurette. Eh ben, dis donc, elle est courte cette robe !

Je regarde ma robe et m'aperçois qu'effectivement il y a longtemps que je ne l'ai pas mise et que soit elle a rétréci au lavage (hypothèse ô combien probable vu que j'ai la fâcheuse manie de tout mettre au sèche-linge plutôt que d'opter pour le séchage naturel, dix fois plus long et… enfin bref, je ne vais pas développer, vous avez compris), soit j'ai pris un peu de poids et, par un système de vases communicants, le tissu prend plus de place au niveau des fesses et donc…

Oh et puis merde, je ne suis pas à poil non plus, on est dans le Sud, j'ai même pas 30 ans, donc j'en profite. Et puis j'adore cette robe. C'est mon père qui clôt le sujet.

— Tu es très belle, ma fille. Cette robe te va très bien.

— Bonjour, dit simplement Julien en avalant son café de travers.

Jean lui tape dans le dos pour l'aider à tousser.

— Eh, remets-toi, Ju ! Tu devrais être habitué, tu la vois tous les jours !

— Oui, mais pas dans une tenue aussi *province.*

J'ignore ce qu'il entend exactement par « *province* », mais rien de très bon, j'imagine.

— Ouais, t'as raison, dit Jean en souriant.

Ah ? Apparemment, lui, il a l'air de comprendre ce qu'il a voulu dire. Il semblerait donc que je sois la seule à ne pas avoir le bon décodeur.

— Tu veux du café, chérie ? me demande mon père.

Navrant, ça fait dix-huit ans qu'il sait que je n'en bois pas, mais je crois qu'il n'enregistrera jamais l'information.

— Elle n’en boit pas, se charge de lui rappeler Julien, qui se tourne vers moi. Lydia, prends ton chocolat et dépêche-toi, s’il te plaît. Il y a une heure de route et je pense que, si tu ne t’occupes pas de Sophia, Paul risque de se suicider pour éviter qu’elle le fasse, elle. A une semaine du mariage, je ne voudrais pas être responsable d’une tragédie à cause d’un malheureux chocolat chaud.

— Mais qu’est-ce qu’elle a, enfin ? Tout va bien ! Je l’ai eue dix fois au téléphone hier, elle est tendue, c’est tout. Ça, c’est bien les hommes : elle s’occupe de tout et gère seule leur mariage, et après, vous vous étonnez qu’elle soit *un peu* stressée.

— Rien à voir, répond Julien, pragmatique. Elle a reçu un mail cette nuit : son photographe a déposé le bilan et n’a pas osé lui dire en face qu’il n’assurera pas le mariage. Donc Sophia a décrété qu’il était trop tard pour en trouver un autre et qu’elle préférait tout annuler. Paul attend que les magasins ouvrent pour passer des coups de fil, quitte à payer le double, mais Sophia a déjà accroché une corde à son cou et s’apprête à sauter dans le puits du jardin pour mettre fin à ses jours. Donc il « gère », lui aussi, comme tu dis, mais là je crois que ta copine a pété une durite pour de vrai.

C’est sarcastique ça, non ? Je ne rêve pas : à

7 heures du mat, douché et rasé de frais, monsieur est sarcastique.

— Oh merde ! Mais pourquoi je ne suis pas au courant ?

— Sophia n'a pas voulu t'appeler pour que tu puisses arriver reposée et trouver une solution miracle. Elle a donc demandé à Paul de m'appeler parce qu'elle savait qu'on venait ensemble et que, visiblement, mon sommeil à moi, elle s'en fout.

— Ou alors elle sait que tu ne dors jamais, dit Jean, me volant ma réplique au passage.

— Bon, OK, je prends mes affaires et on part. Vous venez avec nous ?

— Non, Carole dort encore, elle est crevée en ce moment, je ne préfère pas la réveiller si tôt. Papa ?

— Oh ! non merci, très peu pour moi, toute cette agitation. Je viendrai samedi pour le mariage et je repartirai dans la nuit pour dormir chez moi, au calme. Débrouillez-vous, les jeunes.

— Bien, je vois que les rats quittent le navire, dis-je en souriant.

— Il te reste un rat, rectifie Julien : en tant que chauffeur personnel, je suis embarqué dans ta galère.

— Mais la différence, c'est que tout ça t'amuse follement, non ? Ou, au mieux, que tu n'en as rien à foutre, de cette histoire.

— Mais qu'elle est vulgaire ! s'exclame-t-il en adressant à mon père un regard faussement outré.

Puis il se tourne vers moi, de nouveau sérieux.

— Détrompe-toi, Lydia. Je sais bien qu'un photographe, c'est l'âme d'un mariage, et je suis navré de ce qui leur arrive. Mais je ne me jetterais pas dans un puits pour autant. Par contre, effectivement, je ne te cache pas que je suis impatient de voir par quel miracle tu vas les sortir de cette crise. Je sens que je vais m'amuser cette semaine, conclut-il en se levant.

Je me lève à mon tour pour être à sa hauteur et plante mon regard dans le sien.

— Je te hais.

— Mais quelle agressivité, ma belle ! Vous voyez ce que je subis chaque jour ? lance-t-il à mon père, un sourire aux lèvres.

— Oh oui, on s'en doute ! répond mon père en souriant plus discrètement. Pour ça, je te tire mon chapeau. Mais j'ai comme l'impression que tu t'ennuierais sans elle, je me trompe ? Même si elle est dure comme du bois, rien ne vaut une tête bien pleine, surtout quand en plus elle est jolie comme ça.

Hein ? Non mais je rêve ?

— Eh oh ? Je suis encore là ! Bon, je vais préparer mes affaires, il y a un excès de testostérone dans cette pièce qui m'empêche de finir mon petit déj.

J'entends des rires dans mon dos tandis que je monte dans ma chambre, et je résiste à la tentation de rebrousser chemin pour aller coller mon oreille à la porte. Et puis Sophia m'attend, c'est le plus important. Je monte donc les escaliers quatre à quatre.

On arrive au domaine en une petite heure, que je mets à profit pour réfléchir. A haute voix, en fait, et avec l'aide inespérée de Julien. On en vient rapidement à la conclusion qu'un photographe libre est soit incompétent, soit paraplégique, soit extraterrestre. On fait le tour des invités pour voir si quelqu'un peut assurer l'intérim, mais on abandonne l'idée au bout de dix kilomètres : trop contraignant s'il est bon, ou trop risqué s'il est mauvais.

A force de discuter, je ne vois pas le trajet passer et j'ai le souffle coupé quand on arrive au domaine. Splendide. Que dis-je ? Epoustouflant ! La perfection. On dirait un film. Un immense portail donne sur une allée bordée de platanes qui elle-même mène à un mas en pierre, qui ressemble en fait plutôt à un château en « U », avec deux ailes qui abritent sans doute des chambres. Après avoir contourné le domaine à pied, on arrive au creux du « U », où se dresseront probablement les tonnelles pour la cérémonie et le repas.

On décide de suivre des bruits de voix qui viennent d'un renfoncement, un peu plus haut.

— C'est magnifique, dis-je dans un souffle.

— Oui, c'est pas mal, répond Julien.

— Pas mal ? Arrête de faire ton blasé pour une fois. Ça te coûte quoi de reconnaître que c'est vraiment beau ? Ou alors tu as vu tellement de choses que plus rien ne t'émeut ?

— Non, ça va, OK, c'est beau. Je fais pas mon « blasé ». Quand je dis « c'est pas mal », ça veut dire que c'est beau. Oh et puis merde, pourquoi je me justifie ? râle-t-il en grimpant d'une enjambée le petit dénivelé.

Et je fais comment, moi, avec mes compensées ? Il me tend la main. C'est nouveau ça : galant. Je la lui prends, il tire d'un coup sec et je me retrouve propulsée contre lui. Stéréotype à deux balles, on se croirait dans un Harlequin. Mais bon, en fait, je dois bien avouer que c'est agréable. Visiblement, mes hormones se réveillent et je me verrais bien en train de caresser son torse… Wouwouwou, on se calme ! *Maïa, sors de ma tête !* Cela dit… ça a dû durer trois secondes, mais j'ai eu l'impression que la situation ne le laissait pas de marbre non plus. Je préfère ne pas m'éterniser sur la question.

— J'ai une idée ! dis-je en prenant appui sur lui pour me reculer (et m'éloigner de ses pectoraux spectaculaires, enfin passons).

— Une idée ?

— Oui, pour le photographe !

Allez savoir pourquoi mais c'est toujours dans les pires situations que j'ai des révélations. Je renonce à comprendre comment mon cerveau fonctionne : peut-être aura-t-on la réponse quand j'en aurai fait don à la science... Enfin en attendant, j'ai une idée et je crois qu'elle est bonne.

— Une école de photographes ! dis-je, triomphale. J'ai vu un article dans un magazine, chez mon père, il y en a une qui vient d'ouvrir à Montpellier. Tu crois que ça pourrait coller ?

— Eh bien... Moyennant finance, j'imagine que tout est possible. En tout cas, c'est à tester.

— Ça ouvre à quelle heure, tu crois ? Je peux les appeler maintenant ?

— Oh oui, vu le temps que tu as mis à faire ta valise et le temps de venir, c'est sans doute ouvert depuis longtemps !

— Merci d'être aussi enthousiaste, j'essayais seulement de...

— Lydia, tu es là !

Ouf ! Sophia arrive pile à temps, comme si elle savait que la discussion allait (encore) dégénérer. Elle est suivie de Paul, et nous nous embrassons chaleureusement tous les quatre.

— Tu as visité ? me dit Sophia. Tu as vu comme c'est beau ? Je suis écœurée de tout devoir laisser tomber...

Elle se met à pleurnicher. Je joue la carte de l'autorité pour endiguer le flot de larmes qui s'annonce.

— On va trouver une solution. Julien ?

Je n'ai pas le temps de formuler ma question qu'il a compris et me dit :

— Oui, je vais passer un coup de fil, je te tiens au courant.

Je lui murmure « merci » du bout des lèvres et je demande à Sophia de me faire visiter. Ils viennent juste d'arriver également mais ils connaissent le domaine comme si c'était le leur pour s'y être rendus une bonne trentaine de fois ces derniers mois, histoire de poser toutes les questions existentielles d'usage.

On croise les propriétaires au passage, un couple d'une cinquantaine d'années qui habite une modeste maison secondaire au bout de l'allée.

Je vois que la petite colline où on a rencontré Sophia et Paul mène à la piscine et qu'il y a un chemin moins escarpé pour y parvenir. Comme tout le reste, la piscine est surprenante et même franchement magnifique, avec ses pierres rouges qui flamboient au soleil du matin.

Je suis Sophia et nous descendons lentement vers le château.

— Alors, comment tu vas ? me demande-t-elle. Ça a l'air d'aller mieux avec Gueule de con, non ?

Je rigole.

— Oui et non, en fait, on a décrété une trêve pour la semaine, mais les hostilités ne sont jamais loin. Bon, parlons d'autre chose : cette semaine, l'essentiel, c'est toi ! Tu aurais dû m'appeler dès que tu as su, pour le photographe. Je suis témoin, c'est mon rôle de t'aider, quelle que soit l'heure. Et je te jure qu'entre mon boulot et ce mariage je vais assurer comme une bête !

— Comment ça, ton boulot ?

Oh là, c'est pas bon signe, Sophia s'est arrêtée et me retient par le coude. Paul ? Julien ? Il n'y a donc aucun homme pour me protéger quand j'ai besoin d'eux ? Elle me dévisage d'un air accusateur.

— Non, ne t'inquiète pas, ma chérie. C'est juste qu'on est en pleine fusion avec l'Afrique et qu'on attend un coup de fil important pour clore le dossier. Mais ce sera l'affaire de cinq minutes. La priorité, c'est ton mariage !

— Il y a intérêt ! Je vais lui péter la gueule, moi, à ce connard de Julien ! Paul m'a dit qu'il avait changé mais c'est toujours la même saloperie de sociopathe, on dirait. Comment il ose te faire bosser pendant ta seule semaine de congé de l'année ?

— Et c'est toi qui me dis ça ? Tu n'as jamais su le sens du mot « vacances » et depuis que tu bosses à Londres, c'est encore pire. Ne t'inquiète pas, on sait ce qu'on fait et je saurai canaliser Julien.

— Mouais. A vrai dire, je ne sais pas ce qui m'inquiète le plus entre savoir que tu n'es pas réellement en vacances et le fait que tu prennes sa défense…

— Mais n'importe quoi, je ne prends pas sa défense, je t'explique juste que…

Mais je n'ai (encore une fois) pas le temps de finir ma phrase, qui est interrompue par une voix aussi familière qu'irritante.

— Ah, les filles ! Vous êtes là !

Je me retourne pour voir débouler droit sur nous… Angélique.

— Angie ! lâche-t-on Sophia et moi en chœur, avec la même grimace.

Je profite de ce que la nouvelle arrivante est occupée à extraire sa valise du coffre d'une voiture pour marmonner :

— Euh, Sophia ? Qu'est-ce qu'elle fait là ? Elle était pas censée venir samedi comme les autres ?

— Il faut que je te parle de quelque chose, Lydia. Je suis désolée, je croyais que j'aurais le temps mais…

Angie est à côté de nous mais nous envoie une bise distante de la main, telle une superstar distribuant avec parcimonie quelques touches d'intimité à ses fans. C'est plus fort que moi, Angie me fait chaque fois cet effet-là. Le temps que cette réflexion arrive à mon cerveau et tout en cogitant sur le fait que Sophia me cache visiblement quelque chose, je vois la portière de la voiture où Angie est arrivée s'ouvrir côté conducteur. Une boule se forme dans mon ventre. Matthieu ? Qu'est-ce qu'il fout là ? Il y a du nouveau et personne n'a cru bon de me prévenir ? N'étant pas complètement idiote, je comprends tout de suite : il n'y a qu'une valise.

Matthieu dit quelque chose à propos de garer la voiture plus loin, s'approche de nous avec un grand sourire et passe son bras autour de la taille d'Angie en même temps qu'il fait la bise à Sophia et la complimente sur le domaine. Angie resplendit, Sophia semble au bord de la crise de nerfs et Matthieu est tendu comme un string. Et moi ? Eh bien, comment vous dire ? Je n'en ai aucune idée. Mon cerveau m'enjoint de me reprendre, en commençant par fermer ma bouche restée ouverte en forme de « O », et de continuer comme si de rien n'était. Un fantasme bienveillant me fait croire que, moi aussi, je resplendis dans cette robe en coton trop courte, mais la réalité reprend vite le dessus et j'arrive à grand-peine à limiter les dégâts et à reprendre ce que je crois être une expression neutre. En d'autres termes, j'ai l'air complètement abrutie.

Matthieu et Angie nous disent qu'ils vont mettre

les valises dans *leur chambre*, et j'abandonne très vite l'espoir qu'ils aient parlé au pluriel.

Je me retourne vers Sophia, furieuse.

— Tu étais au courant et tu as oublié de me le dire ?

— Eh oh, ça va, doucement. Je n'ai pas « oublié ». Je n'ai juste pas trouvé le moment opportun, c'est différent. Et puis de toute façon, c'est pas l'homme de ta vie, non ? La dernière fois qu'on en a parlé, tu disais avoir tourné définitivement la page. Ne me dis pas que tu as rechangé d'avis ? C'est n'importe quoi, cette histoire, même Maïa est d'accord avec moi. Pour une fois…

— Ah ben oui, c'est quand ça vous arrange. Depuis quand vous vous parlez, au fait ?

— Il te reste de vagues souvenirs de mon dernier passage à Paris ? Eh bien, on a parlé au bar, entre deux verres de vodka, à dix centimètres de toi. Et on ne s'est pas cachées, hein, c'est juste que ton cerveau n'a pas dû capter toute la conversation.

— Ha ha.

La voiture de Damien arrive et interrompt opportunément cet échange d'amabilités. Impossible de rater son Opel Corsa millésimée 1998 (ou peut-être avant) et son style de conduite inimitable, en témoignent les trois pots de fleurs renversés dans l'allée centrale. Il sort en claquant une portière qui manque de se détacher (laissez-moi exagérer si je veux).

— Salut, les gonzesses !

Je n'ai jamais pensé qu'il deviendrait beau un jour, mais, quand même, un homme peut parfois acquérir un certain charme avec l'âge… Ah, que la nature est ingrate ! Dans son cas, on ne peut pas vraiment dire que le vilain petit canard se soit changé en un beau cygne. Il est maigre comme un clou et porte des lunettes qui lui donnent un air intello alors qu'il était le cancre de notre petit groupe. Le moins sportif de la planète aussi ! Du village, du moins. Blessé à chaque nouveau sport : doigt fracturé au volley, épaule luxée en athlétisme… j'en passe et des meilleures. Une légende ! Mais bon, il est adorable. Et puis il a sa propre boîte d'assurances et semble bien réussir. Alors pourquoi sa Corsa pourrie ? Allez savoir. Il fait partie de ces gens qui se foutent des apparences et c'est aussi pour ça qu'on l'aime. D'ailleurs, c'est sûrement lui qui a raison.

On discute quelques minutes, on se raconte notre vie et on se rend dans le salon, dans le patio, où des rafraîchissements nous attendent. Paul est déjà là avec Matthieu et — beurk — Angie.

Julien arrive en même temps que nous, me lance un clin d'œil qui me fait de nouveau douter de sa santé mentale et dit à Sophia :

— Bon, il y a une solution. Je viens d'avoir

l'école de photographes de Montpellier. Ils proposent d'envoyer deux élèves de troisième année faire un reportage photo pour votre mariage. Ils vont venir au château demain te présenter leur travail.

Sophia pousse un cri de joie et Julien poursuit :

— Attention, apparemment ils sont doués mais ce ne sont pas des pros du mariage. Ils demandent quatre mille euros la prestation pour les deux, ce qui leur permettrait de financer un voyage et les a convaincus d'abandonner leurs projets pour le week-end.

— Pas de problème, je prends ! T'es un chef, mec, dit Paul, en lui donnant une accolade virile qui semble tout droit sortie d'une série américaine.

— C'est pas moi, c'est Lydia qui a eu l'idée…

Mais visiblement, personne n'écoute. Sophia la première, qui lui saute dans les bras et l'embrasse. Euh, elle devait pas lui « péter la gueule » pour me faire travailler au noir pendant son mariage ?

Il faut vraiment que j'aie une petite conversation avec ma future mariée, moi, entre ça et l'oubli pour Matthieu, c'est plus une valeur sûre, cette fille.

On finit par tous trinquer au rosé au « génie » de Julien qui, sans surenchérir, ne rend pas franchement honneur au mien, de génie.

Au bout d'un moment, Sophia nous explique qu'il y a eu quelques changements de chambres et que le mieux serait que nous allions installer nos affaires pour faire le point et décider de qui dort où. Elle précise que, puisque Angie et Matthieu sont maintenant dans la même chambre, elle en a profité pour modifier la répartition des autres. Ils semblent tous trouver ça normal, grand bien leur fasse. Je m'en fous. Enfin, pas tout à fait : d'après ce que je comprends, ça signifie qu'ils sont ensemble depuis peu de temps ! Ce qui change… absolument rien, à vrai dire. Je ne vais pas me taper un mec derrière Angie. Sophia continue de parler et Paul ponctue ses phrases mais je me rends compte que je n'écoute pas vraiment. Bon, ça va, je suis témoin du mariage, pas responsable de l'intendance, y a pas d'interro écrite après, non ? Si ? Bof, je verrai plus tard. *Bon, allez, concentre-toi, Lydia.*

— On fait comme ça ? conclut Sophia.

Les autres acquiescent. Ma tentative de concentration arrive trop tard. Pas grave, je lui demanderai un briefing une autre fois, pour l'instant, j'ai d'autres chats à fouetter.

— Tu viens chercher ta valise ? me demande Julien.

Ah tiens, il se rappelle que j'existe, celui-là.

— Ben oui, je viens ! Elle va pas venir à quatre pattes, non ? A moins que tu aies l'improbable galanterie de me l'apporter, mais ça m'étonnerait.

Il soupire mais ne répond rien. On sort ensemble et je laisse éclater ma colère. Je sais bien que ce n'est pas ma semaine, que c'est le mariage de Sophia et que je ne suis *que* son témoin, mais rien ne justifie la tournure merdique que prennent les événements pour moi.

Julien ouvre le coffre et j'aboie :

— Tu te fous de ma gueule ? J'espère au moins que tu as savouré ton petit quart d'heure de gloire.

— Je leur ai dit que c'était ton idée !

— Oui, mais pas assez fort ! Et puis de toute façon, c'est toi qui as appelé donc c'est toi le héros quoi que je fasse.

Il sort ma valise et me la met dans les mains. Ouille, elle est petite mais plus lourde que dans mon souvenir. Je la pose par terre en soufflant.

— Et merde, lâche-moi, fait Julien. C'est pour te rendre service que j'ai appelé, la prochaine fois tu te débrouilleras toute seule.

— *Me* rendre service ? Comme si je t'avais demandé quelque chose ! Tout ce que je voulais, c'était que tu prennes leur numéro et… Mais pourquoi on se prend la tête, putain ? Allez, laisse tomber, je suis la pauvre égoïste du coin et toi tu as fait ce qu'il fallait pour sauver ce mariage.

— Et toi, tu vas arrêter un peu ! Je ne sais pas ce que tu as, mais tu étais plus sympa ce matin au réveil et… Ah, mais j'y suis ! dit-il en prenant sa valise avant de fermer le coffre. Evidemment ! Ton humeur de chien, c'est à cause de Matthieu et Angélique !

— Pardon ? C'est quoi le rapport ? C'est dingue, ça peut jamais être toi le problème, c'est toujours les autres !

— Sauf qu'en l'occurrence je crois que c'est le cas et que, pour une fois, je ne suis pas la source de ta mauvaise humeur. Tu es jalouse, ma chère !

Je rêve ou il sourit de manière perverse ? Oh l'enfoiré…

Il retourne au château en ricanant. Non mais s'il croit qu'il va s'en tirer comme ça… Je le suis.

— Attends deux minutes, Sigmund Freud ! Tu peux pas sortir des conneries pareilles et t'en aller comme un prince sans laisser aux gens le temps de répondre !

Mais il est où ? Il est parti dans l'aile gauche ou l'aile droite ?

Je prends à gauche et je tombe nez à nez avec… Matthieu. Et merde, ma série noire continue.

— Ça va ? me dit-il. Tu as deux minutes pour qu'on discute ? Angie range la valise dans la chambre.

Et remerde.

— Oui, si tu veux.

Comme si j'avais le choix.

On sort par le patio, côté intérieur. J'en profite pour reprendre au passage un verre de ce rosé qui continue de rafraîchir dans ses glaçons et on va à l'ombre d'un arbre, sur un banc.

— Je ne comptais pas te l'annoncer comme ça,

mais en même temps, je ne savais pas comment te le dire.

— Quoi ? Que tu es avec Angie ?

Ouais, trop forte, Lydia. Vas-y, fais la fille qui ne voit pas où peut bien être le problème.

— Arrête, fais pas semblant avec moi.

OK, ça marche pas. Plan B.

— Ecoute, tu ne me dois rien, Matthieu, ne t'inquiète pas. On n'est pas ensemble, donc tu n'avais pas à me prévenir, et maintenant tu n'as pas à te justifier. Ça m'a fait bizarre, je ne vous voyais pas du tout ensemble, c'est tout. Enfin c'est-à-dire que je la voyais avec beaucoup de monde, des fois en même temps, d'ailleurs, mais pas avec toi…

— Arrête, ne sois pas méchante avec elle. Les gens changent, tu sais.

— Waouh, tu prends sa défense ? C'est du sérieux alors ?

— Euh non, du calme, ne nous emballons pas non plus ! Mais ça fait un mois qu'on est ensemble et ça se passe plutôt bien. Elle est rigolote et agréablement simple, en fait. Contrairement à toi.

J'avale mon rosé de travers.

— Quoi ? Qu'est-ce que j'ai de pas simple, moi ?

— Ben, tu sais bien…

— Ben non, justement, explique !

— Avec toi, j'ai toujours eu l'impression que

je ne serais jamais à la hauteur. Tu en voulais toujours plus.

— Mais c'est faux ! Je ne t'ai jamais rien demandé.

— Non, pas demandé, mais je pouvais le sentir. Tu es ambitieuse, tu réussis ce que tu entreprends. Tu voulais quitter Montpellier, aller à Paris. Je me demandais même si Paris n'allait pas être trop petit pour toi, au bout d'un moment. Et moi, je pouvais pas t'offrir tout ça. J'avais juste envie d'une vie simple avec une femme et des enfants. Enfin, tu le sais déjà. Des fois, je me disais que je n'étais pas assez bien pour toi.

— Quel cliché à la con ! Tu te fous de moi ? Tu t'es tapé presque tout le village… Ah ben non, avec Angie, oublie le « presque ». Alors épargne-moi ton numéro de prince charmant, t'es pas crédible.

— Non, ce n'est pas ce que je veux dire. D'accord, j'aime les femmes et je n'avais pas envie de me poser avant, mais je t'assure qu'avec toi j'y ai pensé ! Tu es belle, intelligente, on se régalait au pieu ensemble… Du coup, ça m'a fait flipper, je me suis dit que tu te lasserais et que tu te barrerais un jour. Et ça, c'était au-dessus de mes forces, alors j'ai préféré partir, moi. Désolé, c'est con, c'est lâche, mais je suis un mec et c'est comme ça.

— Tu as fini ?

— Je crois, oui.

— Ça fait beaucoup d'infos à assimiler, là. Quoi qu'il en soit, ne t'inquiète pas. Si tu es bien avec Angie, c'est cool, je suis contente pour vous. La laisse pas te faire passer pour un idiot, c'est tout.

— Je te promets qu'elle n'est pas comme ça. Apprends à la connaître cette semaine, profites-en !

— Oh là, attends, faudrait pas trop m'en demander non plus. Entre mon rôle de témoin et le boulot à gérer avec Julien, ça va être compliqué de la caser dans mon emploi du temps !

— Tu vois, ça fait partie de ce que je te disais. Je ne me suis jamais senti à la hauteur de ton humour et de ta repartie.

— Tu te défendais pourtant bien.

— Oui, mais j'ai besoin d'une fille simple. Qui ne me taille pas tout le temps.

— Ah ben ça, pour être simple…

— Quoi ?

— Non rien, c'est bon, j'arrête. Je te promets d'essayer de faire un effort. Et puis je suis contente que tu viennes me parler comme à une vieille copine.

Il se marre et me prend par la taille pour me faire avancer.

— Pas mal, la vioque, dis donc !

— Eh oh, ça va ! Je ne flirte pas avec les mecs maqués, moi !

— T'inquiète, c'était pas dans mes intentions. Allez viens, on rentre, sinon ça va jaser.

Il m'a l'air sincère. Quant à moi, j'ai beau plutôt bien faire semblant, c'est moins facile qu'il n'y paraît.

De retour à la maison, il part retrouver Angie et je croise Sophia qui, semble-t-il, me cherchait partout. Elle me prend par le bras.

— Viens, il faut qu'on parle !

— Vous vous êtes passé le mot ou quoi ? Va falloir prendre un ticket si ça continue.

— Quoi ?

— Non, rien, je plaisante. Viens, il y a un joli coin à l'ombre là-bas.

Je l'amène jusqu'au banc où j'étais assise avec Matthieu cinq minutes plus tôt, non sans avoir le réflexe de remplir mon verre de rosé au passage. Indispensable. Un peu ragaillardie, c'est moi qui attaque.

— Je viens de parler avec Matthieu.

— Ah.

— « Ah » ? C'est tout ce que ça te fait ?

— Ben non, raconte.

— Eh bien... Il n'y a pas grand-chose à raconter. Enfin si, mais ce serait long à expliquer. Bref, selon lui, je serais une fille « compliquée » ! Non mais j'aurais tout entendu...

Sophia me regarde en silence du coin de l'œil.

— Quoi ? Ne me dis pas que tu es d'accord avec lui ?

— Tu n'es pas « compliquée ». Mais en même temps, tu n'es pas un modèle de simplicité.

— Je suis une femme ! Par définition, c'est pas simple une femme, non ?

— Non, mais elles ne sont pas toutes aussi ambitieuses que toi. Vous n'étiez pas faits pour être ensemble, c'est tout.

J'en reste bouche bée (et j'en profite pour y faire glisser une gorgée de rosé).

— Alors toi aussi tu voyais notre histoire comme ça ?

— On la voyait tous comme ça. Il n'y a que toi qui ne t'en rendais pas compte.

— Ah oui, quand même… Je t'avoue que ça me fait un petit choc. Bon, enfin, on n'est pas là pour parler de moi ! Mariage, mariage ! Cette semaine, c'est tout pour toi ! Allez viens, on a du pain sur la planche.

Je me lève pour partir mais Sophia ne décolle pas, le regard fixé au sol.

— Lydia… C'est pas de ça que je voulais te parler, en fait…

Ça a l'air sérieux. Je me rassieds, un peu inquiète. Je n'ai pas le temps d'ouvrir la bouche qu'elle fond en larmes. Je lui caresse les cheveux.

— Mais qu'est-ce qu'il y a, ma chérie ? C'est le photographe ? C'est arrangé, voyons.

Elle s'essuie les yeux et relève la tête.

— Je ne vais jamais y arriver. Je suis à bout de nerfs. En fait, si je ne t'ai rien dit sur Matthieu, c'est parce que je fuyais les discussions sérieuses avec toi. Je… J'avais peur de te le dire, alors je préférais encore attendre qu'on soit face à face.

— Mais me dire quoi ? Qu'est-ce qu'il se passe ?

Je pense déjà au pire : Paul la trompe, elle le trompe… Aucune hypothèse ne me semble plausible, mais bon, je ne suis plus à une surprise près. Une petite voix intelligente au fond de moi me souffle de ne jamais prononcer aucune de ces hypothèses à voix haute.

— Je suis enceinte…, finit par lâcher Sophia dans un sanglot.

— Quoi ? Alors là je m'attendais à tout sauf à ça !

— Tu t'attendais à quoi ? demande-t-elle en relevant la tête.

— Euh non, à rien, en fait. Mais c'est une bonne nouvelle, ça, non ? Ou bien… ça se passe mal ? Tu n'en voulais pas ? C'est arrivé comment ?

— Eh bien… En fait, je supportais mal la pilule, alors plutôt que d'en prendre encore une autre qui m'aurait tout déréglé, on a décidé de faire attention quelque temps puisque de toute façon on comptait essayer de faire un enfant après le mariage. Le problème, c'est que manifestement on n'a pas fait si bien attention que ça.

— Et tu es enceinte de combien ?

— Un mois et demi à peine. C'est une super bonne nouvelle, évidemment… Paul est ravi et moi aussi, mais ça tombe trop mal avec le mariage. J'ai rendez-vous avec la couturière pour faire quelques retouches à ma robe jeudi. Elle est tellement ajustée que je me sens déjà engoncée, et je n'arrête pas de manger ! Et puis, avec les hormones, je suis crevée et j'ai l'impression d'être dépressive. Je passe mon temps à chialer, je me soûle toute seule ! Je suis désolée pour la crise de nerfs à propos de cette stupide histoire de photographe, je sais que c'était ridicule mais je n'arrive pas à me canaliser.

Je lui fais un grand sourire et je la serre dans mes bras.

— OK, je comprends mieux maintenant ! J'imagine que c'est compliqué, mais je suis ravie pour toi. Tu as bien fait de me le dire, au moins je saurai gérer tes sautes d'humeur ! Et puis si quelqu'un…

— Ah non ! me coupe Sophia brutalement. Il est hors de question que quelqu'un l'apprenne.

— Mais pourquoi ? Ce n'est pas si grave, au contraire.

— Je ne le supporterais pas. Après le mariage, à la rigueur, mais j'aimerais mieux attendre les trois mois… Et il est hors de question que ce soit tout ce que les gens retiennent de ce mariage :

la mariée enceinte ! Je suis peut-être vieux jeu, mais j'ai toujours rêvé de tomber enceinte pendant mon voyage de noces, donc à quelques jours près, ça passera ! Et puis tu connais ma famille… Si tout se passe dans le bon ordre, parfait, sinon, je vais en entendre parler toute ma vie !

— Ça va, j'ai compris. Motus et bouche cousue, c'est promis !

Sophia semble se détendre enfin et nous abordons les questions existentielles qu'elle s'apprête à entendre environ huit cents fois pendant les sept mois et demi qui viennent : « Tu vas l'allaiter ? » « Tu as pris de la poitrine ? » « Tu penses que c'est un garçon ou une fille ? » « Et vous avez déjà des prénoms ? » Non que je sois moi-même une spécialiste, mais je me rends rapidement compte que Sophia n'y connaît absolument rien en bébé et encore moins en grossesse. Elle me regarde, l'air un peu gêné.

— Tu peux demander à Maïa qu'elle pose une question à son père pour moi, s'il te plaît ?

Le père de Maïa est médecin généraliste.

— Oui, bien sûr.

— Voilà… Avec le mariage, ça ne va pas être facile de ne jamais boire d'alcool, sinon les gens vont avoir des soupçons.

— Et y a rien de pire que les soupçons ! dit-on en chœur, souvenir de nos reparties d'adolescentes.

— Demande-lui si je peux boire un peu de champagne, le soir au moins.

— Malheureusement, j'en doute, mais… OK ! Je te dis ça dès que je sais.

On rentre en papotant et j'envoie aussitôt un texto à Maïa.

> Question pr ton père : enceinte, on peut boire du champ' ?
>
> Si c'est une façon de m'annoncer que tu es enceinte C pourri ! C Julien le père ?
>
> Faut te faire soigner, toi. 1/Comment je serais enceinte ? 2/Pourquoi Julien ?
>
> 1/ Je croyais que tu savais comment on faisait. 2/ A part lui, tu vois personne et tomber enceinte et le savoir en 2 jours depuis que t'es partie de Paris C méga rare.
>
> T'oublies trouduc du bar.
>
> Ah oui merde, fais-toi avorter.
>
> Mdr C Sophia, top secret dis rien à personne et réponds-moi stp.
>
> J'aurais pas misé sur elle pr savoir comment on fait les bébés ms C cool, félicite-la pr moi. Tu veux que je le dise à qui ? A ton Midi Libre ? Sinon pr l'alcool je te dis déjà : non en gde quantité ms 1 verre OK.
>
> OK, demande quand même au padre stp.

Oui chienlit.

Merci râleuse.

De rien bisous.

Bisous.

Le reste de l'après-midi passe vite. Il est déjà 18 heures et les parents des futurs mariés viennent d'arriver, d'abord ceux de Sophia puis ceux de Paul, une heure plus tard. Il faut installer tout le monde dans les chambres et commencer à briefer le personnel. Je ne touche pas terre de la journée et je croise à peine Julien, ce qui me va bien et…

— Lydia, rapplique vite ! aboie-t-il.

Ah ben, voilà, j'aurais mieux fait de me taire.

— C'est Massifou Bian, le président, il veut nous parler en FaceTime, je te cherche partout depuis tout à l'heure !

— Ah oui, mais fallait prendre ton ticket, mon chéri, tout le monde veut me parler aujourd'hui.

Il s'arrête et me regarde comme si je venais de descendre de mon vaisseau spatial. J'imagine que c'est l'effet du « mon chéri ». Ben quoi ? J'ai droit au sarcasme, moi aussi. Ou alors c'est l'effet du rosé combiné à la chaleur étouffante et au fait que je n'ai à peu près rien avalé depuis ce matin. Tout le monde a mangé dans la cuisine tout à l'heure, mais à force de jouer les hôtesses et les psys de service, je n'ai pas trop eu le temps.

On arrive dans la chambre de Julien juste à temps pour appuyer sur « Recevoir » l'appel FaceTime.

— Bonjour, monsieur Massifou, dit Julien.

— Bonjour, dis-je à mon tour.

— Ah, quand même, nous répond M. Massifou, je commençais à m'inquiéter. J'ai votre rapport et quelques questions. Mais vous êtes où, là ? demande-t-il en scrutant la chambre par-dessus notre épaule.

— Là ? En déplacement, mais ne vous inquiétez pas, on va vous répondre, assure Julien.

— Pas de vacances, hein ? C'est trop important, je compte sur votre sérieux.

— Oui, monsieur Massifou. On est dans un hôtel pour un contrat et la réception est très mauvaise, on essaiera d'avoir la salle de réunion demain pour que ça passe mieux.

Je le regarde du coin de l'œil, dubitative.

Je repars vidée de la chambre de Julien, pour entendre que Carole et Jean, ainsi que Maxime, le second témoin de Paul, viennent d'arriver.

Il est bientôt 19 heures : c'est l'apéro ! La soirée entre copains s'improvise, comme quand on était ados : les parents d'un côté et nous de l'autre, sauf que là, pas besoin de se planquer pour picoler ! Après une journée pareille, ça ne peut que faire du bien.

Je m'amuse avec Sophia, je bois avec Carole, mais j'ai du mal avec Angie, qui a l'air tendue dès que je suis dans les parages. Tant pis, je sociabiliserai un autre jour. Qu'elle s'estime déjà heureuse que je lui laisse son Matthieu et qu'elle arrête de jouer les saintes-nitouches.

Passons aux choses sérieuses : je ne me rappelais pas que Maxime était aussi beau gosse. Je l'ai croisé une fois à Paris, à une soirée, mais soit il était moins charmant, soit j'étais moins désespérée. Quoi qu'il en soit, j'en ferais bien mon quatre-heures. (Ou plutôt mon repas tout court vu ce que j'ai ingurgité aujourd'hui.) En attendant, je discute avec lui une grande partie de la soirée. On parle boulot, appart, sorties, on râle, bref, la routine parisienne, quoi.

Quand la conversation commence à s'étioler, on met de la musique et on passe aux cocktails. J'ai troqué mon rosé acide contre une bonne vodka citron, mais vu la vitesse à laquelle la tête me tourne, je délaisse mon Graal pour repasser au rosé que je pense moins traître. A tort : vers minuit, je suis déjà morte. Crevée d'abord, puis un peu pompette. Non, soyons honnêtes, franchement soûle. Au rosé… la honte !

Tout le monde est encore en bas, plus ou moins frais, et certains commencent à vouloir monter se coucher. Sophia m'accompagne à ma chambre. D'ailleurs, elle est où, au fait, ma chambre ? Je me rends compte qu'à force de m'occuper de celles des autres j'ai oublié de visiter la mienne ! Et ma valise ? J'en ai fait quoi ? Je me rappelle vaguement l'avoir sortie du coffre de la voiture de Julien mais après… le vide.

— Tant pis, on cherchera demain, me dit Sophia.

Elle me prend par la main et m'amène dans l'aile gauche. Enfin, tout dépend de quel côté on regarde. Ça pourrait aussi bien être l'aile droite si on a le jardin dans le dos. Voilà le genre de réflexions profondes dont je suis capable à ce moment précis. J'essaie de suivre Sophia tant bien que mal mais elle marche vite, non ? Et ces murs, ils étaient aussi proches tout à l'heure ?

— J'abandonne ! dit Sophia. Avec tous ces changements de chambres, je ne sais plus ce qui était prévu ! Promis, demain tu auras *ta* chambre… et pour ce soir, on n'a qu'à en prendre une au hasard !

On pouffe comme deux ados qui font le mur. Elle ouvre une première porte : un bordel sans nom, des culottes en dentelle un peu partout comme après le passage de dix strip-teaseuses déchaînées, on en déduit que c'est la chambre d'Angie et Matthieu. Elle ouvre la porte de la chambre d'à côté, qui est plongée dans le noir.

— Ça a l'air vide, regarde, c'est trop bien rangé, y a rien qui dépasse, si ça se trouve, c'est la tienne !

— Comment je fais sans ma valise ?

— Tu chercheras demain ! Je suis crevée, là. J'ai mis des brosses à dents neuves dans chaque salle de bains au cas où. Fais-moi plaisir, utilises-en une pour évacuer cette odeur de rosé !

— T'es une mère pour moi !

Sophia me plante un bisou sur le haut du crâne et repart sur la pointe des pieds.

Elle a déjà peur de réveiller le bébé ou quoi ? Je me lave les dents, j'enlève ma robe et mon soutien-gorge, je garde juste mon string pour ne pas avoir la sensation d'être nue (un truc que seule une femme peut comprendre, n'est-ce pas ?) Je regarde ma robe : trempée. Je renifle : beurk, j'ai renversé du rosé dessus, ça pue ! Je la mets en boule dans le lavabo avec mon soutien-gorge et je laisse couler l'eau. On verra demain. En attendant, je me traîne dans la chambre et je m'écroule au milieu du lit. La chambre tourne, tourne, tourne de plus en plus vite. C'est horrible mais, heureusement, je sombre aussitôt dans un sommeil sans rêve. Qui dure environ deux minutes.

— Mais qu'est-ce que c'est que ce bordel ? Qu'est-ce que tu fous là ?

Un dragon est entré dans la pièce et parle directement à l'intérieur de ma tête, c'est forcément ça. Oh putain, ma tête… J'ouvre un œil sans plus trop savoir qui je suis ni encore moins où je suis et, dans un mince filet de lumière qui me vrille le cerveau, je vois Julien, éberlué, au pied du lit.

J'articule une suite de syllabes qui doit à peu près ressembler à « Qu'est-ce que… fous… ma chambre ? »

— Ta chambre ? Ma chambre, oui !

— Hein ?

Je me redresse un peu trop vite. Aïe, ça tourne.

— Quelle heure il est ?

— 2 heures, mais je ne vois pas ce que ça change !

— J'ai pas de chambre ! Enfin, je l'ai perdue.

— Alors tu t'es dit que la mienne serait parfaite ? Je me doutais que tu avais des vues sur moi, mais on a connu des techniques de drague plus subtiles, dit-il avec un sourire qui me semble de plus en plus bizarre.

— Je te répondrais si j'avais pas autant envie de vomir. Mais bon, si tu veux me virer, OK, je préfère dormir dehors avec des chacals !

Je me lève (pour me souvenir trop tard que je suis en string) et retombe sur le lit, non pas gracieusement comme dans un bon film romantique, mais juste comme une merde pleine de rosé.

— Oh là, dit Julien. Vu ton état, je ne te

laisse aller nulle part. Je ne voudrais pas être responsable d'une chute dans l'escalier.

— Y a pas d'escalier, dis-je dans un demi-sommeil.

— Justement, fait-il en ricanant. Je te préviens, je ne dors pas sur le canapé, alors tu te pousses. Ma bonne éducation a des limites, moi aussi je suis crevé. Et désolé, mais je ne vais pas te toucher !

— T'es vraiment un gentelleman…

Waouh, super dur à prononcer, ce mot !

— Ta gueule, dors et ne ronfle pas.

— Connard…

— Alcoolique…

C'est le dernier mot gentil que j'entends avant de sombrer dans un léger coma éthylique réparateur…

5. Où les ennuis s'installent pour de bon

« Ping. Ping. Ping. »

Mais qu'est-ce que c'est, encore ? Mon cerveau ? Non, lui, je ne le sens même plus, donc c'est un autre bruit. Je crève de chaud, y a pas la clim ? Mais où je suis, bon Dieu ? Le mariage, la soirée, Sophia enceinte, Matthieu et Angie… Ah non, donc c'est pas un cauchemar, ça ? Maxime, pas mal du tout, Julien… Julien ? !

Je me redresse d'un bond dans le lit, il est à côté de moi et se redresse tout aussi brusquement, au point que nos têtes manquent de se heurter. Nos jambes, c'est fait, puisqu'on a visiblement dormi l'un contre l'autre.

Après un instant de stupeur, je réagis : je suis à poil, sans même mon soutien-gorge, et j'ai laissé le drap sur mon ventre. Julien réagit à son tour en baissant les yeux sur ma poitrine.

Je remonte le drap, mais apparemment pas assez vite puisqu'une bosse a le temps de prendre forme sous le drap, au niveau de l'entrejambe de mon voisin, qui suit mon regard et me calme.

— T'enflamme pas, c'est un pur réflexe sanguin matinal…

— Ça va, je ne me faisais pas d'idées. Et puis t'inquiète, je vais pas te violer. En fait, là, j'aurais plutôt envie de vomir…

Il hausse les épaules.

« Ping. Ping. »

Enfin on percute.

— Merde ! fait Julien en se levant précipitamment.

Il a la bonté de me laisser le drap, histoire d'accorder une petite chance à ma dignité. Lui est en caleçon. Dommage.

C'est bien Massifou Bian qui rappelle sur FaceTime, comme prévu. Dans mon vague souvenir d'hier, Julien lui avait parlé d'une « salle de réunion ».

— Où sont tes habits ? aboie-t-il.

— Aucune idée. Probablement dans ma valise qui doit être perdue quelque part avec ma chambre.

Il n'a pas l'air de goûter mon humour et court partout dans la chambre, toujours en caleçon, comme si tourner comme un hamster allait lui donner la solution à notre problème.

— Qu'est-ce qu'on fait ? On peut pas décrocher !

Si je n'avais pas aussi mal au crâne, je trouverais sans doute la situation comique.

L'horloge de l'ordinateur indique 7 heures. Julien envoie un mail à notre correspondant pour lui dire qu'il le rappelle dans cinq minutes car on a un problème de connexion (et bien sûr il va trouver ça tout à fait crédible). Puis il prend deux chemises dans son placard, en passe une, sur laquelle il noue soigneusement une cravate, avant de m'envoyer la deuxième. Je prends la chemise blanche, interloquée, et le regarde avec un air niais.

— Enfile-la, on cadrera pour qu'il ne voie que ton visage. Au pire, si ça descend un peu, ça ressemblera à un chemisier de femme.

Le temps qu'il me dise ça, le « ping » reprend.

Affolée, je mets la chemise en lissant bien le tissu des épaules pour dissimuler les cinq centimètres de trop. Je laisse le premier bouton ouvert et ferme juste celui au niveau de la poitrine, puis je noue les deux pans qui dépassent au-dessus du ventre pour la tendre, ce qui ne se voit pas depuis la webcam mais a pour effet de faire ressortir ma poitrine. Tiens, à retenir ! Je regarde Julien décrocher, avec sa chemise blanche impeccable, sa cravate bleue… son caleçon et ses pieds nus. Je pouffe discrètement hors caméra et me glisse près de lui au moment où la connexion s'établit.

Julien me regarde ébahi et devient blanc quand

il voit le nœud que j'ai fait à sa chemise hors de prix, mais à part ça, visiblement, notre petite mise en scène fonctionne plutôt bien et mes cheveux détachés me valent même des compliments de notre partenaire. Mon mal de crâne passe (presque) le temps de la réunion, qui se termine sur des au revoir chaleureux à 8 heures.

Nous éteignons l'ordinateur, crevés mais ravis tous les deux. Un instant plus tard, Julien se rembrunit.

— Qu'est-ce que j'ai encore fait ?

— Oh ! rien ! Je suppose que tu n'es même pas consciente qu'on a frôlé le drame par ta faute ?

— Ma faute ?

— Tu te couches bourrée et à poil dans ma chambre, et sans vêtements de rechange, la veille d'une réunion importante. Et c'est moi qui serais encore responsable ?

— Non. Mais en parlant de veille de réunion, je te signale que je suis rentrée beaucoup plus tôt que toi hier. Tu étais où ?

— Tu me fliques ? Je suis sorti marcher et j'ai discuté avec Paul et Jean. Satisfaite ?

— Reconnais au moins que tu n'étais pas très frais non plus hier soir. D'ailleurs, tu as ronflé toute la nuit comme un alcoolo en train de cuver.

— Toujours très féminine, ta façon de parler.

— Le garçon manqué te signale que tu avais oublié de mettre le réveil et que s'il n'avait pas été là, non seulement tu dormirais sans doute encore mais, dans le meilleur des cas, tu aurais été seul avec ta migraine pour faire du charme à Bian. Donc reconnais-le : tu as besoin de moi.

— Je n'ai pas besoin de toi ! braille-t-il en me menaçant du doigt. C'est sûr que, pour ce qui est de faire du charme, j'ai du boulot pour te rattraper. J'ai bien cru que tu allais lui proposer une pipe en ligne au milieu de la conversation.

Je lui jette l'oreiller le plus proche à la figure et, bien sûr, je loupe ma cible. Il riposte et je prends son projectile en pleine figure. Je me jette sur le lit et lui envoie l'autre oreiller, qu'il n'arrive pas à rattraper cette fois-ci, trop occupé, semblc-t-il, à regarder mes cuisses.

S'ensuit alors une bataille d'oreillers et de tout ce que l'on trouve dans la chambre, c'est-à-dire pas grand-chose à part son pantalon posé sur une chaise, un prospectus pour le château et les draps de rechange posés sur le canapé avec les coussins.

Ça dure quelques minutes de pure détente puis Julien déclare une trêve.

— Stop ! dit-il en riant. J'en peux plus, j'ai mal au crâne, je déclare forfait ! OK, tu as bien assuré ce matin avec notre ami Bian.

Je grimpe sur le lit et lève les bras en signe de triomphe, découvrant au passage un peu de mon ventre nu au-dessus du string. Je le réalise trop tard et baisse les bras en redescendant du lit, légèrement gênée. Julien est debout lui aussi.

— En fait, si tes charmes fonctionnent sur certains hommes, me dit-il d'une voix un peu plus rauque que de coutume, autant en faire profiter l'entreprise.

Je le regarde et baisse les yeux sur son caleçon.

— A priori, il n'y a pas que sur les clients et les fournisseurs que ça fonctionne... C'est encore une montée sanguine du matin ou un bon vieux réflexe pavlovien masculin ? Ne t'inquiète pas, je ne me fais aucune idée. Quand je sais que tu as passé la nuit à mes côtés à ronfler, j'en tire les conclusions qui s'imposent.

Puis je le gratifie d'un grand sourire de garce et je sors de la chambre, triomphante.

Je sors de la chambre ? Je dois avoir encore quelques grammes de rosé dans les veines, moi. Me voilà dans le couloir, en chemise d'homme et en string, sans la moindre idée de l'endroit où peut bien se trouver ma foutue valise. Mieux encore, j'ai laissé mon portable dans la chambre de Julien. Deuxième jour au château... bienvenue dans ma vie.

Bon. Après ma sortie flamboyante, je vais devoir refaire une entrée plus modeste, ne serait-ce que pour récupérer mon kit de survie, *alias* mon iPhone.

Je défroisse comme je peux (c'est-à-dire

pas très bien) la chemise, j'attache les derniers boutons de manière à me couvrir la taille et je me plante devant la porte, sans savoir si je dois frapper ou entrer. C'est elle qui décide pour moi en s'ouvrant devant mon nez sur Julien, qui a mon portable à la main.

— Tiens, Cendrillon, t'as oublié ta pantoufle. Pour ta gouverne, sache que j'aime qu'une femme soit consentante et consciente quand je lui fais l'amour. Tu as peut-être été mal habituée avec tes petits copains de beuverie, mais avec moi, c'est comme ça. Je ne voyais donc aucun intérêt à te toucher hier soir. Cela dit, quand je te vois habillée comme ça, je me dis que les vêtements féminins sont vraiment mal pensés parce qu'il n'y a rien de plus sexy qu'une femme dans votre chemise, surtout si elle est froissée. Alors oui, si tu veux confirmation, malgré ton caractère de merde et ton épuisant sens logique, tu me fais bander, et non, ce n'est pas un simple réflexe. Mais bon, je suis un connard, toi, une salope, on va donc chacun gentiment retrouver notre chambre.

Là-dessus, il pose ses lèvres sur les miennes et me claque la porte au nez après m'avoir collé dans les mains mon iPhone et ma robe de la veille, qui a séché en boule toute seule dans son évier.

Mon Dieu, c'était quoi ça ?

Est-ce qu'une journée peut décemment commencer aussi mal ? Là, tout de suite, je déteste

Julien et cette façon qu'il a de toujours vouloir avoir le dernier mot. Notez que ça change de Matthieu et sa prétendue peur de ma repartie. Je me retourne pour aller méditer plus loin sur le sens de ma vie et la perte de ma valise, lorsque je vois Matthieu, planté devant la porte de sa chambre, c'est-à-dire face à celle de Julien, qui me regarde, la bouche ouverte.

Ah, donc si : ça pouvait être pire.

— Bonjour, bredouille-t-il.

Je réponds avec un sourire et file sans demander mon reste.

Autant faire comme s'il était absolument normal de se faire surprendre en train d'embrasser son enfoiré de patron à 8 h 30 dans un couloir, vêtue simplement d'une chemise d'homme, avant de partir dans un lieu inconnu à la recherche d'une chambre qui n'existe peut-être même pas et d'une valise fugueuse.

Welcome to My Life. Tiens, c'est un titre de chanson, et que j'adore en plus. Simple Plan. Je la fredonne. Ça y est, je l'ai dans la tête pour la journée.

Do you ever feel like breaking down?

Do you ever feel out of place?

Like somehow you just don't belong

And no one understands you?

T'es-tu déjà senti rabaissé ?

As-tu déjà senti que tu n'étais pas à ta place ?

Comme si tu n'étais pas chez toi

Et que personne ne te comprenait ?

Ça colle bien avec mon humeur.

Je file aux toilettes remettre ma robe modèle « rosé du soir », je jette la chemise de Julien dans la première poubelle que je croise et je déambule au hasard dans les couloirs en misant sur ma chance. Après moult détours, j'arrive enfin dans la salle à manger. Les lève-tôt sont là, à savoir Sophia, Paul et ses parents, Angie et Matthieu, qui a dû trouver un chemin plus court pour sortir du labyrinthe. On attaque le buffet gargantuesque qu'a dressé le personnel du château pour notre premier petit déjeuner et je me détends un peu. Les parents de Sophia ne tardent pas à arriver, suivis de Maxime, vers 9 heures. Toujours pas de nouvelles de Julien et Damien ni de Carole et Jean, qui doivent faire la grasse mat'. Maxime propose une tournée générale de Doliprane. C'est décidé, c'est un mec bien.

Je pose mon téléphone sur la table et retourne me servir au buffet. Après plusieurs litres de jus d'orange, des croissants et un Doliprane 1 000, le mal de tête devrait se faire un peu oublier. Peut-être que la journée ne sera pas si moche.

— T'as un texto, m'annonce Angie pendant

que je reviens vers ma place en essayant de ne pas faire tomber le contenu de mon assiette.

Et là, tout va très vite. Je vois ses yeux s'écarquiller quand elle prend mon Smartphone et l'approche pour mieux lire.

— Lydia, c'est pas vrai ? T'es enceinte ? Oh ! je suis ravie, félicitations !

Elle semble au bord de l'extase.

Quoi ?

Toute la table se tourne vers moi, Matthieu a le visage encore plus décomposé que ce matin et les « félicitations » commencent à fuser.

— Quoi ? Mais non, je…

— Oh ! pardon, dit Angie, faussement gênée. Je n'aurais pas dû, c'était peut-être un secret. Je suis tellement contente pour toi que ça m'est sorti tout seul. Ta copine te dit que tu peux boire un verre de champagne enceinte, c'est pour ça.

Depuis quand elle se réjouit pour moi, celle-là ?

— Non, je… Il y a un malentendu, ce n'est pas pour moi…

— C'est qui alors ? demande la mère de Paul en souriant et en regardant autour d'elle.

Mon regard croise celui de Sophia et en une fraction de seconde j'ai le temps d'y lire toute la détresse du monde… OK, j'ai compris.

— Euh, si, oui, en fait, c'est moi, mais je ne voulais pas le dire…

Merveilleux, tout le monde semble ravi et les

félicitations reprennent de plus belle. Maxime réagit un peu plus vite que les autres.

— Mais… et tout l'alcool que tu as bu hier soir ?

Ah oui, merde.

— Non, elle a fait semblant, intervient Sophia. J'étais dans la confidence et c'est moi qui ai bu ses verres pour qu'elle donne le change. En plus elle a des nausées et apparemment ça ressemble vraiment à une méchante gueule de bois !

Mouais, je ne trouve pas son histoire très convaincante mais elle semble satisfaire tout le monde, alors… Jusqu'à *la* fameuse question. Là encore, c'est Angie, visiblement très en forme, qui met les pieds dans le plat.

— Mais c'est qui le père ?

Oh putain, elle la ferme jamais, celle-là ? *Oui, tiens, c'est qui au fait ? Allez, réfléchis, Lydia, réfléchis…* Mais comme il est apparemment écrit que ma vie ne m'appartient plus, au moins pour la matinée, Matthieu décide de répondre à ma place :

— C'est Julien !

— Quoi ? s'étonne tout le monde (et moi la première).

— Oui ! Je t'ai vue ce matin sortir de sa chambre en cachette, je l'ai même vu t'embrasser…

Ah ben oui, vu comme ça, c'est imparable. CQFD, y a rien à dire.

Et comme le timing de ma pseudo-vie semble vraiment parfait en ce moment, c'est cet instant précis que choisit le susnommé papa putatif pour entrer dans la salle.

Entre deux accolades et félicitations, Julien semble complètement perdu. Pour une fois, je ne peux que le comprendre et je reste immobile et muette. C'est comme ça que font les chats, non ? Si je ne bouge pas, il ne me verra peut-être pas.

C'est con, un chat.

Au milieu de la petite troupe, Julien me lance un regard éloquent. Il semble avoir compris le plus gros et moi je suis mal barrée.

Les effusions se calment, je récupère mon iPhone et me maudis de ne pas avoir désactivé l'affichage du corps du texto sur l'écran principal. Je regarde le message de Maïa.

> C bon 1 verre de champ par soir et ça fera rien au bébé. Juste cette semaine. Profite. Félicitations encore à la maman. Bisous.

Evidemment… Y en a qui ont été décapités à cause de textos mal interprétés pendant la Révolution française, non ?

Bref, j'arrive à m'éloigner, ou plutôt Julien arrive à m'éloigner en me tirant par le coude.

— Qu'est-ce que c'est que ces conneries ? Je te laisse cinq minutes et…

— Wowowo, déjà, tu le prends pas sur ce ton,

t'es pas ma baby-sitter. Ensuite, tu te calmes, tu réfléchis deux secondes et tu comprends que ça ne peut pas venir de moi. Et maintenant, tu m'écoutes.

Je lui explique exactement ce qu'il s'est passé, confidences de Sophia comprises. Il secoue la tête, exaspéré, semble vouloir riposter puis finalement se ravise.

Sophia arrive à ce moment-là.

— Oh ! mes amours, pardon de vous faire subir ça ! Merci, Julien, de jouer le jeu, je suis désolée. Mais je n'ai pas le choix, dit-elle, au bord des larmes. Ma chérie, quand tu as dit « ce n'est pas moi », ma mère m'a tout de suite lancé un regard assassin. Alors j'ai paniqué.

— Mais tes parents croient que tu es encore vierge ? demande Julien qui n'en revient pas.

— Mais non ! Ils sont juste ultra-conservateurs, et un bébé avant le mariage, ça n'est pas concevable… Cherche pas, ils sont comme ça. Je suis désolée, je ferai ce que vous voulez pour me faire pardonner.

— C'est bon, c'est bon, la calme Julien. On ne va pas en mourir, c'est juste que, quand Jean l'apprendra, ça risque d'être compliqué pour Lydia…

— Ne vous inquiétez pas pour ça, dit Sophia, je vais assumer et dire la vérité à Jean et Carole. De toute façon, je doute qu'ils auraient cru un seul instant à votre couple ! Par contre, ajoute-t-elle avec un sourire ironique qui lui fait oublier ses larmes, il faudra que vous m'expliquiez cette histoire de chambre !

Julien et moi regardons nos chaussures puis, tout d'un coup, ça me revient.

— Mais c'est ta faute, c'est toi qui m'as mise dans sa chambre hier soir !

— C'est vrai ? C'était ta chambre, Julien ? Elle semblait vide, si bien rangée.

— Désolé de ne pas être bordélique.

— Et le baiser de ce matin qu'a vu Matthieu ? insiste Sophia. Ça va aussi être ma faute ?

Je secoue la tête, atterrée.

— Oh ! un baiser, n'exagérons rien ! Matthieu en fait tout un plat mais c'était juste un accident, la bise qui dérape, tu vois.

— Oui, oui, bien sûr, répond Sophia. De toute façon, ça ne me regarde pas mais c'est super bien tombé. Deux bonnes nouvelles : personne ne sait que je suis enceinte et… je peux boire un peu de champagne !

— Super. Ça fait donc deux bonnes nouvelles pour moi aussi : tout le monde croit que je suis maquée, donc adieu les célibataires, et je ne peux pas noyer mon chagrin dans l'alcool, vu que je suis censée être enceinte ! Et si je passais la semaine enfermée dans ma chambre ?

— A vrai dire, j'ai une autre moins bonne

nouvelle pour toi, dit Sophia avec toute la délicatesse dont elle est capable.

— Moins. Bonne. Nouvelle ? répété-je en détachant chaque mot.

— Bon ben, je vais vous laisser entre filles, dit Julien en faisant mine de s'éclipser.

— Non, ça te concerne un peu aussi, Julien, reprend Sophia, encore plus gênée.

On la regarde, on se regarde, on la regarde de nouveau : je crois que l'on s'attend au pire tous les deux.

— Eh bien… Je ne sais pas si c'est les hormones, l'organisation ou tous ces changements de dernier moment avec les chambres, mais je me suis un peu emmêlé les pinceaux et…

— Oui ? dis-je, sentant venir la chute.

— Et Angie ne devait pas venir si tôt, mais heureusement elle partage sa chambre avec Matthieu, et puis Maxime est arrivé plus tôt que prévu aussi, tout comme toi, Julien, et comme Paul organisait les arrivées, j'ai cru qu'il s'occuperait aussi des chambres et donc… Mais en fait c'est ma faute, j'aurais dû…

Elle parle de plus en plus vite et semble ne plus vouloir s'arrêter. Julien et moi, on n'en peut plus et on lance en chœur un « Vas-y, accouche ! » de circonstance. Sophia hoche la tête, prend une grande inspiration et lâche d'une traite :

— Il manque une chambre. Et comme, à part toi, Lydia, tout le monde est installé…

— Quoi ? dis-je, moitié interloquée, moitié hystérique.

— Mais, euh… Après ce qui s'est passé au petit déjeuner, je me suis dit que ce n'était peut-être pas si grave. Après tout, vous avez déjà dormi une nuit ensemble sans vous entretuer. Et comme tout le monde pense que vous êtes un couple, tout va bien, non ? Bon, euh, j'y vais, dit-elle en commençant à partir, je suis attendue par la cuisinière pour le repas de midi. On se retrouve dans la cuisine ?

— Wowowo ! Non mais attends ! Si tu crois que tu vas t'en tirer comme ça, tu te trompes lourdement !

Je suis complètement désemparée. Sophia, quant à elle, semble de nouveau au bord des larmes et je n'ai pas le cœur à l'enfoncer à une semaine de son mariage.

— Mais il n'y a pas un canapé au moins ? Ou alors une tente, pour qu'elle puisse camper ? hasarde Julien.

— Que je campe ? On aura tout entendu ! Je te rappelle qu'accessoirement c'est moi la témoin ! Et pourquoi tu camperais pas, toi, d'ailleurs ?

— Parce que, moi, j'ai ma chambre ! Mes vêtements sont déjà dans l'armoire.

— Et alors ? Je te promets qu'en cinq minutes je les aurai virés pour mettre les miens à la place !

— Les tiens ? Il faudrait que tu commences par les retrouver !

Je m'apprête à riposter quand cette histoire de valise me revient en tête. D'ailleurs, je ne suis pas la seule.

— Euh, Lydia, justement, à propos de ta valise..., dit Sophia en se triturant les mains.

— Quoi encore ? Elle a été bouffée par des chacals ?

— Euh, non. Il n'y a pas de chacals ici, quand même, précise-t-elle avec un rire bête (très bête même). Mais en fait, à propos d'animaux, je ne le savais pas mais c'est pas plus mal... les propriétaires ont deux jeunes bergers allemands. On ne les a pas vus hier parce qu'ils les gardent enfermés dans la journée. Par contre, le soir, ils les sortent un peu, comme ça, ils protègent les voitures, et comme on est dans un endroit assez éloigné, ça peut rassurer les invités et... c'est pas plus mal...

Je ne sais pas où elle veut en venir avec son histoire de chiens, mais encore une minute et c'est moi qui la mords.

— Je m'en fous, de tes clébards !

— Euh oui, mais non. Ils ont un rôle dans l'histoire. La cuisinière a retrouvé ta valise.

— Ah voilà, enfin une bonne nouvelle, dis-je, soudain calmée.

— Eh bien, oui, presque, ça pourrait, mais en fait pas vraiment. Les chiens sont jeunes, un peu fous et joueurs, et c'est…

— Et c'est pas plus mal, c'est ça ? Mais tu veux en venir où, putain ?

— Arrête de crier ! Je suis déjà assez émotive comme ça et je n'aime pas quand tu m'agresses. Je ne sais pas pourquoi mais il se trouve que ta valise est restée dehors cette nuit. Les chiens l'ont trouvée et ont joué avec et ils ont un peu tout grignoté…

— Ça veut dire quoi « un peu tout grignoté » ?

Je me retourne pour voir Julien se retenir de rire tandis que Sophia m'explique sur un ton grave :

— Eh bien, pas « un peu », en fait. Complètement. Ils ont tout bouffé, tes vêtements sont saccagés, voilà. Mais le vanity va bien, lui, il n'a rien ! Enfin, quelle idée aussi de laisser sa valise dehors, pourquoi tu ne l'as pas rentrée ?

— Mais… mais il s'est passé tellement de choses hier… Je me rappelle l'avoir sortie de la voiture et puis j'ai suivi Julien en criant et après tout le monde m'a parlé et… et arrête de rire, toi !

Julien se tord de rire à côté de moi, main plaquée sur la bouche. Il me fait un signe d'apaisement qui ne m'apaise pas du tout. Sophia continue de s'enfoncer.

— Ecoute, le mariage n'est que dans cinq jours, je te prêterai des habits et on ira faire les magasins pour te retrouver une robe. Le vanity n'a rien, c'est déjà ça !

— Oui, nickel, je serai à poil mais bien maquillée à ton mariage !

Tout rouge, mort de rire, Julien ne cherche même plus à se cacher.

Je vais le tuer.

— Bon, je vous laisse, ton vanity est dans le couloir. Va mettre tes affaires, enfin, ton vanity… enfin bref, va mettre ce qu'il reste dans la chambre de Julien et on reparle après. Je suis désolée, on va trouver une solution, je te promets. Je t'en prie, ne t'énerve pas, j'ai besoin de toi. Je t'aime, tu sais !

Non, je vais d'abord la tuer, elle.

Je suis au bord de la crise de nerfs.

Elle me fait une bise sur la joue et s'éloigne presque en courant.

Julien me passe un bras sur les épaules et me dit en riant :

— Allez viens, chérie, c'est pas bon de t'énerver comme ça pour le bébé ! Tu veux faire une petite sieste ?

C'est grave si je le gifle ?

6. Bilan de ma vie

Mardi. On n'est que mardi. C'est catastrophique. C'est moi qui ai dit que le mardi était mon jour de la semaine préféré ? Je peux encore changer d'avis ?

On case mes bagages — c'est-à-dire mon vanity — dans la chambre de Julien. En sortant, je croise Carole et Jean. Ils ont vu Sophia qui les a mis au courant de ce qu'elle appelle « un léger changement ». Jean ne fait aucun commentaire mais semble se retenir de rire, et Carole me console en me disant que ce n'est pas si grave et qu'elle connaît une très bonne boutique pas loin. On décide d'y aller cet après-midi même : à cinq jours du mariage, aujourd'hui inclus, je veux bien être borderline mais il y a des limites.

Le midi, j'ai droit à plein de conseils pour le bébé, et Julien à des encouragements pour les mois difficiles qu'il va endurer à cause de mes sautes d'humeur. Par miracle, il s'abstient de tout commentaire. Enfin, devant tout le monde, parce que, quand on sort prendre un café (lui un café et moi un Coca zero) sur la terrasse pour être un peu tranquilles, le naturel revient au galop.

— Waouh, si on les écoute, je vais en baver pendant ces huit mois ! Va falloir que je me mette sérieusement à boire pour te supporter !

C'est la goutte d'eau (si je puis dire) qui fait déborder le vase. Si c'est vraiment à ça que ressemble la maternité, eh bien franchement, je ne suis pas pressée ! Quand je me tourne vers Julien, je suis hors de moi, une vraie tigresse prête à sortir les griffes pour protéger son bébé... Euh, oui, je suis un peu perdue en ce moment, c'est contagieux les hormones des autres, vous croyez ?

— Me « supporter » ? Encore heureux que vous daigniez nous « supporter », vous, les hommes, non ? Après tout, on a juste trois ou quatre kilos de vie dans notre ventre qu'on va devoir sortir par le vagin alors que ça fait dix ou vingt fois la largeur du plus gros pénis qui y est entré. On va se déchirer pour avoir la joie d'être maman et élever un mioche seule parce que vous bossez et qu'il ne faut surtout pas vous déranger la nuit quand il chiale !

— Eh bien, au moins je vois que tu es prête à être mère ! L'instinct maternel a l'air de couler dans tes veines comme du rosé bien frais, c'est rassurant pour ton futur compagnon. C'est pour ça que tu les cueilles dans les boîtes de nuit ? Ils ont trop picolé pour réfléchir ?

On est assis sur un canapé à l'ombre, rafraîchis par un petit vent qui me calme et me permet presque de faire abstraction de ses conneries. Et pourtant, c'est du lourd.

— Et puis faudra vraiment qu'un jour tu essaies de fréquenter de vrais hommes parce que ta description d'un pénis m'inquiète… dix à vingt fois plus petit qu'un fœtus…

Plongée dans mes réflexions, je ne l'écoute plus du tout et je lui demande, sans trop savoir pourquoi :

— Parce que toi, t'as envie d'avoir des enfants ?

— Belle tentative de changer de sujet… Cela dit, au risque de te surprendre… oui.

Interloquée, je reprends mes esprits.

— Ah bon ? Mais t'as pas du tout le profil !

— Et c'est quoi le profil pour être père, exactement ? demande-t-il en se redressant et en me jetant un regard curieux.

— Ben, je sais pas, moi… Il faut aimer sa famille, pour commencer. Voir les siens de temps en temps, avoir envie de jouer avec les enfants de ses frères et sœurs, ne pas bosser comme un malade ou se lever à 5 heures, dimanche compris…

Le regard de Julien s'assombrit. Il plonge les yeux dans sa tasse de café.

— Pour aimer sa famille et avoir envie de la voir, il faudrait déjà que ce soit réciproque. Or, on ne peut pas dire que je sois franchement gâté de ce point de vue-là, vois-tu. Mes parents, j'avais l'impression de les déranger dans leur vie mondaine plus qu'autre chose, jusqu'à ce que je sois en âge de reprendre l'entreprise familiale. Là, je suis devenu intéressant : j'entrais enfin dans le moule et je rapportais de l'argent.

Il relève les yeux pour les planter dans les miens et m'adresse un sourire narquois.

— Quant à jouer avec mes neveux et nièces, c'est compliqué : je suis fils unique ! Par ailleurs, au risque de ruiner tes théories de merde, je pense que ma femme appréciera que je me lève tôt pour donner le biberon du matin.

— « Théories de merde », non mais je t'en prie ! Je reconnais que j'ai pas été très psychologue sur ce coup-là mais ça va aussi. Et puis je suis sûre que tu exagères, comme d'habitude. Bon, t'as pas de frères et sœurs, je sais, mais… C'est pas une raison ! Tu avais l'air heureux avec tes parents quand on était ados. Vous partiez tout le temps à l'étranger et tu nous snobais chaque fois à ton retour, comme si on était trop gamins ou bêtes pour que tu daignes nous raconter tes voyages.

— Et voilà ! La psychologie féminine dans toute sa splendeur ! Je partais parce que je n'avais pas le choix. Pour mon père, ça faisait bien de dire en réunion au bout du monde que ton gamin te suit partout et qu'un jour il reprendra l'entreprise. Ça rassurait les partenaires. Mais pas moi. Parce que, tu vois, une fois en vacances j'étais confié au personnel de l'hôtel. Quand j'ai eu 14 ans, mon père a décidé que je devais en profiter pour me forger le caractère, alors j'ai commencé à bosser dans ces hôtels de luxe, je faisais les lits avec les femmes de chambre, la vaisselle, du jardinage…

Julien me regarde et je dois avoir une drôle d'expression car il me sourit comme pour me consoler.

— C'est pas grave, dit-il, j'ai des super souvenirs. J'étais un peu la mascotte, je me faisais plein d'amis ! Alors c'est vrai que, quand je rentrais, je savais pas trop quoi vous raconter. Vous, vous étiez restés ensemble à faire la fête tout l'été, et moi, j'avais travaillé tout l'été avec le personnel d'un grand hôtel. Je trouvais ça un peu minable et, surtout, je vous enviais. Cela dit, j'ai appris des trucs formidables : je sais comment arroser les fleurs le matin avant le lever du soleil et quelles sont les variétés les plus fragiles, je sais faire la meilleure crème brûlée que tu aies jamais mangée, et je suis le plus rapide pour laver une centaine d'assiettes !

Il marque une pause qui me permet de respirer un grand coup et de retrouver l'usage de la parole.

— Je… je suis désolée. C'est étrange comme une même histoire peut changer selon le point de vue. Pourquoi tu ne nous l'as jamais dit ?

— Vous aviez de moi l'image du *bad boy* qui voyage, le gosse de riche un peu jet-setteur, et je n'avais pas trop envie de vous détromper. Surtout toi, en fait. Je me créais un personnage à travers ton regard désapprobateur, et ça m'éclatait.

— Tu veux dire que tu savais ce que je pensais de toi ? Et que tu en jouais ?

— C'est un peu ça, oui.

— Mais c'est dégueulasse !

— Pour qui ? Si ta propre version des faits ne te convenait pas, t'avais qu'à en changer à l'époque et chercher à savoir qui j'étais vraiment, non ?

— Mais… mais c'était impossible ! Tu ne te confiais pas, tu nous envoyais chier tout le temps.

— Non, pas tout le temps, d'ailleurs, certains l'ont compris…

— Comme qui ?

— Comme Jean, par exemple.

— Jean ?

— Oui, Jean, ton frère. Je n'ai jamais eu besoin de lui raconter tout ça mais il savait observer et j'ai toujours vu dans son regard qu'il comprenait.

— Mais pourquoi il a rien fait alors ?

— Qu'est-ce que tu aurais voulu qu'il fasse ?

— Ben, je sais pas, moi. Te proposer de rester à la maison pour les vacances !

— Non, ça n'aurait servi à rien. La pitié, à 16 ans, on n'en veut pas. Il a fait ce qu'un pote, un vrai, avait de mieux à faire : rien. Il a continué à laisser planer le doute sur moi, il a joué le jeu et m'a permis de consolider ma carapace. Enfin…

Julien se lève d'un coup comme s'il reprenait conscience après une absence et qu'il regrettait d'en avoir trop dit.

— … tout ça pour dire que j'aimerais être père, oui. Et que les choses seraient bien différentes de mon modèle familial. Je vais te paraître vieux jeu ou même sexiste, et ça va encore se retourner contre moi, mais j'aimerais que ma femme élève nos enfants. Qu'elle s'en occupe quand je travaillerai et que je passe le reste du temps avec eux, à jouer. Et quand on partira en vacances, ma femme, mes enfants et moi, il sera hors de question d'entendre parler de boulot !

— Eh ben, quelle image idyllique ! Manque plus que le labrador sur la photo.

— C'est ça, moque-toi, c'est ce que tu fais de mieux, la raillerie. Tu n'auras jamais d'enfants, toi, alors ? Tu vas continuer comme ça jusqu'à 50 ans ? Et quand tu auras trop de rides pour lever des mecs en boîte, tu feras comment ?

— Je ne te permets pas ! dis-je en me levant à mon tour. Tes cinq minutes de confidences en quinze ans, c'étaient cinq minutes de trop, hein ? Décidément, chassez le naturel, il revient au galop.

Julien ouvre la bouche pour répliquer, mais je lui intime le silence d'un geste de la main.

— Moi aussi, je veux des enfants, figure-toi. Je m'en suis rendu compte il y a très peu de temps, et je peux te dire que c'est une étape très difficile à passer quand ta mère t'a abandonnée pour se barrer à l'étranger où il y a certainement des hommes bien plus intéressants que ses propres enfants…

Julien n'a pas le temps de répondre parce que Damien arrive pile au moment où je finis ma phrase. Tiens, on l'avait presque oublié, celui-là. Il semble juste se réveiller.

— Euh, salut, ça va ? demande Damien.

— Oui, se contente de répondre Julien.

— Euh…

— Qu'est-ce qu'il y a ? Tu viens de te lever ?

Il a l'air bizarre mais, de toute façon, Damien a toujours plus ou moins l'air bizarre. Mais bon, cette fois encore plus.

— Non, je suis levé depuis un petit bout de temps. Je réfléchissais.

— Ah…, dis-je sans trop savoir quoi ajouter.

— Je vous laisse, dit Julien, je rentre préparer un rapport, tu viendras le voir après, s'il te plaît, Lydia ?

— Oui, oui, OK.

Tiens, pourquoi j'ai l'impression que Damien a l'air soulagé de voir Julien partir ? C'est encore une interprétation de mes pseudo-hormones ?

— Il y a un problème ?

— Non, au contraire. En fait, ça tombe bien qu'on se retrouve tous les deux, je voulais discuter, dit-il avec une solennité qui m'inquiète.

Aïe, donc ce n'est pas mes hormones. Je désigne le banc.

— Ça a l'air sérieux, dis donc.

— Oui, assez, fait Damien en s'asseyant à côté de moi.

C'est un euphémisme, parce que en réalité il a l'air complètement angoissé. Et c'est surtout contagieux : les confidences des autres m'ont tellement réussi ces derniers jours que je m'attends au pire. Comment je peux lui dire que je ne suis pas forcément la bonne personne à qui se confier ? Déjà que j'ai du mal à trouver des solutions à mes propres problèmes, alors ceux des autres… C'est plus le rôle de Maïa, ça. Enfin, *c'était*, avant qu'elle me ruine la vie avec son texto.

Damien se racle la gorge et prend une grande inspiration.

— Voilà. J'ai réfléchi toute la matinée à la meilleure manière d'aborder le sujet avec toi, et comme ça fait longtemps qu'on se connaît, j'en suis arrivé à la conclusion qu'il valait mieux que je sois direct.

Et moi je n'aime pas du tout la tournure que prend cette conversation.

— Alors, poursuit-il, tu sais que tu ne m'as jamais laissé indifférent.

Ah merde, nous y voilà. Bon enfin, je ne réponds rien, quelque chose me dit qu'il ne vaut mieux pas.

— A vrai dire, avant d'arriver, j'appréhendais un peu de te voir. Et puis quand j'ai vu que Matthieu et Angie… enfin tu sais… je me suis dit que c'était une opportunité.

Ouais, pour savoir, je sais. Mais je ne voyais pas vraiment ça comme ça. Enfin, passons.

— Parce que, du coup, tu n'allais plus courir autour de ce gigolo.

— Pardon ? (Là c'est ma voix qui a parlé.) Comment ça, « courir autour » de Matthieu ?

— Oui, non, enfin, tu vois ce que je veux dire…

— Non.

Ma voix doit être un tantinet menaçante car il détourne les yeux et regarde ses pieds.

— Enfin bref, peu importe. Il n'est plus en travers de notre chemin, quoi.

Ah, parce que maintenant on a un « chemin » commun, nous ?

— Donc, poursuit-il, c'est peut-être l'occasion pour nous de créer quelque chose, tu ne crois pas ? (Son débit s'accélère soudain.) Je suis sûr que nous pourrions être bien ensemble, je sais que je saurai te rendre heureuse, contrairement à tous les autres. Tu aimes faire la fête mais ça te passera peut-être avec l'âge ? On aura des enfants et tu les élèveras…

Mais qu'est-ce qu'ils ont tous ? Au secours, la piscine, que je me noie ! Damien continue son monologue mais, à vrai dire, je n'écoute plus vraiment. Je suis partagée entre la colère et la honte, mais c'est finalement la pitié qui l'emporte. Parce que c'est la déclaration la plus pourrie qu'on m'ait jamais faite.

Et c'est aussi la première, d'ailleurs. Ah non, avant il y a eu le gamin de 19 ans, le frère d'une copine, qui m'a déclaré sa flamme en boîte quand j'en avais 23. Faut croire que je lui ai littéralement coupé le souffle parce que, pendant que je croyais mourir de honte, lui, il manquait de mourir tout court. Bon, en réalité, le pauvre était asthmatique et avait oublié sa Ventoline. Et pendant que tout le monde s'occupait de lui faire reprendre son souffle, moi, j'ai pu m'éclipser discrètement.

Vous allez finir par croire que je n'attire que des losers mais c'est faux ! Je suis juste sensible à cette partie lésée de la population masculine qui ne trouve pas d'oreilles attentives et se tourne tout naturellement vers la blonde souriante qui se trouve être la seule à n'avoir pas fui aux premiers signaux. Non pas que j'aie plus de cœur que les autres, mais en général, les signaux… je ne les vois pas. Il y en a qui ont des radars pour ça. Pas moi. C'est une tare comme une autre et… En parlant de tare, il en est où, mon soupirant ?

— Alors ?

Ah, c'est une question. Et je crois que c'est à moi qu'elle s'adresse. Essayons de rester logique : il n'y a que lui et moi sous cette tonnelle, à part une vingtaine de fourmis mais je doute qu'il s'adresse à elles, non ? Hé, les fourmis, pourriez pas m'aider ?

Et là, je panique complètement.

— C'est-à-dire… Je ne suis plus avec Matthieu depuis longtemps, mais… je ne suis pas seule.

— Ah.

— Je suis avec Julien !

Voilà, c'est lâché, un mensonge de plus ou de moins, ça ne changera pas la face du monde. De toute façon, dans cinq minutes il ira déjeuner et apprendra ma fameuse grossesse, alors…

— Quoi ? Julien ? Tu te fous de moi, j'espère.

— Non, je te jure…

— C'est ça, super façon de me remballer. Après tout le mal que je me suis donné, tu aurais pu trouver une manière plus délicate de me dire que je ne t'intéresse pas.

— Mais tu te trompes…

Je n'ai pas le temps de finir. Il est parti.

Bon. Bilan ? Ça, c'est fait, maintenant on peut passer à autre chose. Allez, mensonge suivant !

Quelle autre merde peut-il m'arriver aujourd'hui ? *Allez, Lydia, un peu d'enthousiasme ! Trouve-nous l'idée du jour pour gâcher un peu plus ta vie ou celle de tes amis. Ce n'est que le matin après tout, il te reste la journée !*

Ah tiens, en parlant d'amis… Je sors mon portable et commence à tapoter.

> Merci, T un amour. Suis donc enceinte et tout le monde m'a félicitée. Je te déteste.

La réponse ne tarde pas.

> Lol. En quoi C ma faute ? J ferait un excellent père !

> Tu te fous de moi ? T'arrêtes ta fixette sur J ? Epouse-le s'il est parfait. Et pourquoi ce serait lui en + ?

> Le marié, peu probable, Damien, has been, Matthieu jouerait jamais le jeu… Simple déduction. G bon ?

> Tu m'énerves.

> CQFD. Raconte.

> Valise bouffée par des chiens, dormi avec J car plus de chambre. M'a embrassée ce matin, Matthieu (qui se tape Angie) ns a vus, et depuis elle est ma meilleure amie. Damien m'a déclaré sa flamme et tt le monde a vu ton texto qui me complimente pour ma

grossesse… VDM. Je te laisse, vais me jeter dans la piscine.

Trente secondes après, mon portable sonne. Je décroche.

— Laisse tomber la piscine, t'as pied. Il t'a embrassée ?

— De tout ce que je t'ai dit, tu n'as retenu que ça ?

— Oui, c'est ça, j'ai un don pour n'aller qu'à l'essentiel. Raconte en détail et n'oublie rien.

— Tu bosses pas ?

— Ça peut attendre.

Je lui raconte donc la logique implacable de mes péripéties et elle reste sérieuse jusqu'à la moitié de mon récit, à peu près. Arrivée à la déclaration de Damien, elle commence à avoir du mal à dissimuler son hilarité. J'arrive presque à la comprendre.

— OK, ma chérie, tout n'est pas perdu. Pour commencer, évite la déprime et picole en cachette. Pas trop, pour ne pas être bourrée. Ensuite, considère tout ça comme une opportunité de coucher avec Julien, histoire de joindre l'utile à l'agréable. Parce que je suis sûre que ça peut être agréable. En rentrant à Paris, tu démissionnes, comme ça, tu prends ta vie en main et tu quittes ce boulot que tu n'aimes pas. Tu fais comprendre à Matthieu qu'il n'est rien pour toi, ce qui fait que ta fierté est intacte. Quant à Sophia, grâce à toi, elle a un mariage parfait et t'en est reconnaissante à vie. Toi, tu profites de ton état de fatigue du premier trimestre pour faire toutes les siestes que tu veux et tu remontes à Paris reposée, ragaillardie par des nuits de baise, sereine d'avoir vu toute ta famille et pleine d'espoir pour attaquer une nouvelle carrière !

— Mais t'es une grande malade ! Qui t'a dit que je voulais quitter mon poste ? Julien est un tyran mais je suis bien payée et j'aime ce que je fais. Et puis je ne veux pas coucher avec lui, j'aurais déjà préféré embrasser un python et…

Je lève les yeux et je vois Julien, planté devant moi.

— Et tu n'as plus d'arguments, c'est ça ? me demande Maïa à l'autre bout du fil.

— Euh, je te laisse, le python est en face de moi…

Je raccroche.

— Parce que ta copine évoque la possibilité qu'on couche ensemble ?

— Comment tu sais que c'est ma copine ?

Oui, je sais, complètement nul comme contre-attaque, mais je n'ai rien d'autre sous le coude.

— Je ne sais pas… Peut-être parce que je ne vois pas bien qui tu appellerais d'autre un matin pour te plaindre alors que tous tes amis sont ici et que la seule qui manque, c'est Maïa.

— T'en as pas marre d'écouter aux portes ?

Il fait mine de regarder autour de lui.

— Je ne vois pas de porte.

— Ha, ha.

La tension est si forte que j'ai l'impression que ses yeux sont devenus noirs. Ça risque de barder pour moi.

— Le python venait annoncer à sa gentille conjointe, mère de ses futurs enfants, qu'il y a une sortie prévue dans un bar ce soir tout près d'ici.

— *Ton* enfant. Je n'ai pas annoncé des jumeaux !

Il reste interloqué deux minutes devant ma connerie — à vrai dire, moi aussi je m'épate toute seule — avant de se reprendre.

— Bonne nouvelle. En attendant l'heureux événement, je crois que j'ai besoin de me changer les idées. Je vais donc me joindre aux autres et tâcher de rencontrer des filles gentilles, qui apprécieront ma compagnie et dont les baisers n'auront pas un goût acide de cyanure. A propos, pour ta gouverne, oublie celui de ce matin, je réserve mes efforts aux personnes qui m'en donnent envie.

— Parfait ! Si ça peut te rassurer, je ne fais pas d'efforts pour toi non plus. Tu as donc ma bénédiction pour ce soir et surtout, fais-toi plaisir avec tes Barbie, je sens qu'on va bien rire. J'observerai attentivement tes méthodes de drague infaillibles et peut-être même que je m'en inspirerai pour rencontrer des hommes qui me donneront envie d'autre chose que vomir.

— OK. Et pour l'instant, tu te dépêches, je t'emmène en ville choisir ta robe pour ce week-end. Désolé de t'imposer ma présence écœurante et mon air vicié encore quelques heures, mais personne d'autre n'était dispo et tu pourras te rattraper ce soir, promis. On verra bien qui de nous deux a le plus de succès.

— C'est un défi ?

— En quelque sorte. Et je préfère te prévenir que tu vas te ridiculiser. La lumière crue, ça va te changer des boîtes parisiennes avec des mecs bourrés aveuglés par les stroboscopes.

Je me rapproche de lui pour n'être plus qu'à quelques centimètres de son visage.

— Sale con !

— Oui, ma chérie. Allez grouille, on se retrouve à la voiture dans cinq minutes.

— Pas question, j'aime mieux passer la semaine à poil plutôt qu'acheter une robe avec toi. Ou alors tu me passes les clés de la voiture et je me débrouille comme une grande.

— Tu rêves, ma grande, ricane-t-il.

— Et pourquoi ?

— *Primo* : je ne laisse pas ma voiture à n'importe qui et encore moins à une folle hystérique. *Deuzio* : j'aimerais que celle qui est censée être ma conjointe soit habillée avec un peu de goût, donc je préfère choisir avec toi.

Je crois que j'ai les yeux qui vont sortir de leurs orbites. Pour la première fois de ma vie, je comprends vraiment cette expression.

— Je t'interdis d'entrer dans les magasins avec moi !

— Pourquoi ? Tu as peur que j'aie plus de goût que toi ?

— Tu n'as aucun goût en matière de femmes.

— Eh bien, on verra. Nouveau défi : le gagnant est celui ou celle qui trouve la plus belle robe et le plus beau parti ce soir. Quelle journée prometteuse !

— Et surtout longue…, dis-je en soupirant.

Je croise Sophia dans le couloir qui me demande de récupérer les dragées pour elle en ville et me dit qu'elle a plein de choses à voir avec moi en fin d'après-midi. Je la trouve fatiguée, elle a les traits tirés, mais elle me dit que ça va aller, que je ne dois pas m'inquiéter.

Je discute ensuite quelques minutes avec Carole. Elle me pose des questions sur cet arrangement stupide et je lui explique le pourquoi du comment de ma grossesse imaginaire. Sophia le lui avait déjà expliqué en partie, mais elle préfère ma version à la fois plus détaillée et plus *exotique* dans le choix des noms d'oiseaux.

— Allez, courage, me dit-elle, ça finira par

s'arranger. Au fait, je suis désolée, je voulais t'accompagner en ville mais je ne me sens pas très bien depuis quelques jours. Je ne sais pas ce que j'ai, mais j'espère que ça va aller mieux d'ici le mariage.

— Tu as toujours tes règles ?

— Non. Ça a duré une journée, même pas. Juste le temps d'anéantir mes espoirs de grossesse, quoi.

— Carole, tu as apporté un test de grossesse ?

— Non. J'en ai marre d'espérer, donc j'arrête de pisser quinze fois par jour sur des bâtons. C'est pour toi ? Ne me dis pas que tu penses être vraiment enceinte !

— Moi, non. Par contre, j'en ai appris beaucoup sur la question, ces derniers jours. Je sais que tu ne veux pas écouter tous les conseils des gens, mais j'ai appris par exemple que la tante d'Angie a eu ses règles au début de sa grossesse et que ce n'est ni rare ni anormal.

— Alors tu crois que… ?

— Je n'en sais rien, pas de faux espoirs. Je vais t'acheter un test de grossesse cet après-midi, on verra bien. En attendant, n'en parle pas, surtout pas à Jean.

— Bien sûr que non, je le ferai si tu veux mais j'ai peu d'espoir.

On se quitte sur ce petit secret et je rejoins

Godzilla qui m'attend en klaxonnant. Il semble s'être un peu calmé et on roule sans s'insulter.

Il est midi et il faut que l'on soit rentrés avant 17 heures pour rencontrer les photographes en herbe et surtout convaincre Sophia qu'ils sont parfaits pour le job, parce qu'il n'y a pas de plan C.

Je me repasse le film de cette demi-journée de dingue, depuis notre réveil en fanfare : une réunion pro rondement menée, ma nouvelle vie de SDF, une grossesse, un fiancé, un prétendant malheureux, un défi franchement idiot et surtout une reposante trêve partie en fumée. Sans parler de cette robe et des vêtements dignes de ce nom (Angie m'a prêté un short et un haut mais je fais carrément pute) à trouver en moins de cinq heures.

Il faut que j'arrête de réfléchir de la sorte, ça me flanque la migraine. Ah oui, l'alcool d'hier soir. Penser à reprendre un Doliprane en arrivant en ville. J'ai pas pris les Doliprane. Penser à acheter des Doliprane à la pharmacie avec le test de grossesse de Carole.

A une demi-heure du domaine seulement, Narbonne est une ville magnifique que j'ai traversée plus jeune sans vraiment m'y arrêter. Bon, évidemment, à l'époque je n'aurais pas pu me douter qu'elle serait ma dernière chance pour trouver la robe du soir idéale.

On commence par les habituelles boutiques

de fringues de centre-ville où je fais l'emplette de petites robes en coton, d'un short et de divers hauts.

Julien reste tranquille et prononce peu de mots.

Au bout d'une heure, il me propose d'aller manger un bout sur une jolie terrasse arborée. Je ne dis pas non. J'ai besoin de me poser un peu.

Je m'arrête d'abord devant une pharmacie sous prétexte d'acheter mon indispensable Doliprane et me raidis quand je réalise qu'il a l'intention d'entrer avec moi. Manquerait plus qu'il me voie acheter un test de grossesse. Je me tourne vers lui en souriant.

— Va plutôt au restaurant choisir une table et commande-moi un Coca zero s'il te plaît.

Ouf, il acquiesce et se dirige vers le restaurant.

En sortant de la pharmacie, je prends soin de dissimuler *mon* test de grossesse tout au fond de mon sac et garde mes précieux Doliprane à portée de main.

Julien a pensé à me commander de l'eau. Délicate attention, d'autant qu'il n'y avait plus que des effervescents et je doute que ça se marie bien avec le Coca.

Hé, je sais ce que vous allez dire, mais je n'ai jamais prétendu que Julien n'avait que des défauts ! Non, j'ai juste dit qu'il en avait beaucoup et qu'ils étaient rédhibitoires pour moi, c'est tout.

On discute de tout et de rien, le cessez-le-feu

semble même être de nouveau de rigueur entre nous, jusqu'à ce que se produise l'inévitable incident. Comme on est un peu distants, je suis souvent distraite et, au bout de quelques minutes, je m'aperçois que mon regard croise régulièrement celui du serveur, à qui, en fille bien élevée, j'adresse chaque fois un sourire aimable. Seulement le serveur, lui, semble prendre ma marque de courtoisie pour une invite.

Il revient un peu trop souvent à notre table pour être honnête, au prétexte de demander — à moi, surtout — si nous ne manquons de rien. Ce genre de situation me met plutôt mal à l'aise. Eh oui, qu'est-ce que vous croyez ? Que c'est mon genre de draguer un serveur quand je suis avec un homme au restaurant ? Vous me prenez pour qui ? Et puis, ça va peut-être vous surprendre, mais draguer, c'est pas mon fort. Il y a une sacrée marge entre flirter avec un copain de copain le temps d'une soirée et faire du rentre-dedans à un parfait inconnu.

Mais bon, est-ce que ce ne serait pas justement le moment de faire une petite exception ? Après tout, non seulement Julien n'est pas mon petit ami, mais en plus il semble penser que j'ai des mœurs légères, alors autant ne pas le décevoir. Tiens, il semble d'ailleurs remarquer mon petit jeu et son regard s'assombrit. Ben quoi ? La partie commence plus tôt que prévu, c'est tout.

Je souris plus que d'habitude, en essayant de ne pas paraître trop cruche pour autant, et mon regard est un tantinet plus langoureux qu'en temps normal.

Le serveur semble suffoquer sur place. Mon Dieu, je ne savais pas que je pouvais faire cet effet-là ! Julien semble de plus en plus en colère et j'adore ça.

— OK, tu as commencé, c'est ça ? demande-t-il.

— Commencé quoi ?

— A ton avis ? Tu t'éclates avec le serveur ?

— Il est charmant !

— Ce gringalet ?

— Oh ! tout de suite ! Tu es jaloux ou quoi ?

— Pas spécialement. C'est juste que je passe pour un con et c'est pas mon fort.

— Trouve-toi une occupation.

— OK.

Sur quoi il se lève, pour aller aux toilettes, j'imagine. J'attends son retour en consultant mes mails, parmi lesquels se trouve une proposition d'accord de M. Massifou. *Yessss !* Je ne l'ouvre pas, pas assez de réseau, je regarderai ça au domaine en rentrant. J'en informe Julien, qui vient d'arriver et a l'air aussi impatient que moi d'en savoir plus.

Le serveur dépose un café devant Julien, qui a dû le commander au passage, et ne jette pas un regard dans ma direction. Je lui demande un verre d'eau, ce qui me vaut un « oui, madame » plutôt sec. C'est bizarre, il semble éviter de me regarder mais il se tourne une seconde vers Julien en… tremblant ? Quoi ? Non, j'ai sûrement mal vu. Julien demande l'addition. J'attends que le serveur soit parti chercher tout cela pour éclater :

— Qu'est-ce que tu as fait ?

— Moi ? Rien. Ah, si, j'ai changé les règles.

— Quelles règles ? On n'a jamais parlé de règles.

— Eh bien, justement, il n'y en a pas, tous les coups sont permis.

Le serveur dépose une carafe d'eau et l'addition devant Julien.

— Que lui as-tu dit ex-ac-te-ment, Julien ? dis-je en détachant chaque syllabe.

Julien prend tout son temps pour sortir le sucre de son papier et le faire tomber dans la tasse. Il remue le liquide sans un bruit avant de relever les yeux et les planter dans les miens en souriant.

— Juste que ma femme enceinte avait des bouffées de chaleur et des montées d'hormones qui la rendaient complètement nymphomane, mais que j'apprécierais qu'il laisse ses hormones à lui de côté et qu'il t'ignore un peu s'il ne veut pas avoir mon poing dans la gueule.

Visiblement satisfait, il porte la tasse à ses lèvres et avale son café.

— Pouah ! Pas terrible mais ça fera l'affaire.

Il sort une petite liasse de son portefeuille et dépose quelques billets sur la table.

Pendant tout ce temps, j'ai gardé la bouche ouverte, comme un poisson rouge hors de son bocal. Je n'arrive pas à en croire mes oreilles. Il a pas osé ? Je passe pour une… pour une… pour une pute !

Il se lève et je le suis.

— Tu es…

— Oui, je sais, un sale con, un salaud… tout ce que tu veux. Mais avoue que j'ai gagné la première manche.

— Certainement pas ! On devait prouver notre potentiel de séduction, c'est ce que j'ai fait. Toi, tu t'es contenté de te faire passer pour un cocu potentiel et de casser mon coup. Ça ne compte pas, tu es juste passé pour un con pour rien. Mais par principe je me vengerai de ton coup bas.

— Ne me dis pas qu'il t'intéressait vraiment ?

— Non ! En dépit de ce que tu peux penser, je n'ai pas pour habitude d'aller me faire trousser derrière un comptoir par le premier péquenaud venu. C'était amusant, c'est tout.

— Besoin de séduire typiquement féminin !

— Ah, parce que vous, c'est pas pareil peut-être ?

— Non. Nous, séduire pour séduire, ça ne nous intéresse pas, donc on va à l'essentiel. Je peux très bien coucher avec une femme sans être certain de lui plaire. L'important, c'est qu'elle ait envie au même moment que moi. C'est le seul intérêt : la baise derrière.

— Très subtil ! Donc si une fille qui vient de se faire plaquer se rabat sur le premier plouc venu pour se venger de son ex et qu'il se trouve que le plouc en question, c'est toi, tu couches avec elle sans te poser de question ?

— Exactement ! Après tout, qui est gagnant dans l'histoire ? Elle, pas vraiment, son ex, certainement pas, par contre, celui qui a eu un coup gratis…

Je m'arrête encore une fois pour tenter de digérer sa phrase et dois presser le pas pour le rattraper.

— Décidément, je ne comprendrai jamais rien aux hommes !

— Précisément, il n'y a rien à comprendre. Arrêtez de chercher du sens là où il n'y en a pas. C'est simple : on aime baiser, on prend ce qu'on nous donne, point.

— …

Cette fois je reste carrément plantée sur place. Il s'arrête et rebrousse chemin, puis saisit mon menton entre le pouce et l'index.

— Mais je te rassure, me murmure-t-il, je ne suis jamais un second choix.

Il ne me laisse pas le temps de répondre et entre dans un magasin de vêtements plutôt haut de gamme.

Je vais vraiment le tuer. Une nuit, j'enterrerai son corps. Je porterai des escarpins et un trench beige, comme dans les films. Malgré la pluie (c'est plus dramatique), je prendrai ma pelle et je creuserai sa tombe sans abîmer mes ongles manucurés, tandis que son cadavre patientera à côté de moi.

J'entre à mon tour dans le magasin, où un simple coup d'œil aux étiquettes me donne le tournis. Ah tiens, non, ce n'est pas le code-barres mais bien le prix. En lires italiennes ou en anciens francs ?

Bref, malgré toute ma bonne volonté, on ne trouve rien. Je dis « on », car Julien semble très intéressé par le choix de ma robe du soir alors qu'il m'avait laissée choisir seule mes autres tenues.

C'est le début d'un véritable marathon de magasin en magasin. On cherche celui dont Carole m'a donné l'adresse mais Google Maps nous plante et Plans nous oriente dans le sens opposé.

Au contraire de nombre de mecs qui auraient déjà pris la poudre d'escampette pour aller m'attendre au bistrot et écluser des bières (ne me dites pas que ça ne vous est jamais arrivé), Julien ne se plaint pas une seule fois.

Après avoir retenu peut-être une robe dans une boutique, un peu par défaut, puis une autre, sans grand enthousiasme, on trouve enfin la perle rare.

Une robe magnifique et qui semble avoir été faite pour moi. D'ailleurs, c'est ce que me dit la vendeuse mais ça ne compte pas : c'est une vendeuse.

Elle adresse de grands sourires à Julien qui se comporte avec moi comme un gentil frère attentionné. Ah non, ça ne va pas se passer comme ça !

La robe est rouge sombre, avec un magnifique décolleté bénitier et une belle échancrure dans le dos, sans extravagance. Elle est moulante sous la poitrine pour descendre comme une jupe crayon juste au-dessous du genou, avec une fente à l'arrière, au milieu. Sobre et classe, c'est tout moi, ça.

Alors que je m'apprête à payer, je m'aperçois que Julien roucoule ostensiblement avec la vendeuse. Je l'apostrophe :

— Chéri, tu te rends compte de la chance qu'on a ? Elle est moulante et pourtant on ne devine même pas que je suis enceinte ! Du coup, on pourra attendre la fin du week-end pour l'annoncer à tes parents.

La vendeuse blêmit, Julien m'adresse un sourire crispé et nous sortons après les politesses d'usage.

— Un peu facile, me dit Julien.

— Je me bats à armes égales, rétorqué-je avec un joli sourire.

— Disons que c'était l'échauffement, on remet les compteurs à zéro.

16 h 30, timing parfait. Le temps de récupérer les dragées et on rentre au domaine. Avant de descendre de voiture, je regarde Julien.

— Merci, au fait… de m'avoir accompagnée et aidée à choisir.

— De rien, c'est normal.

— Non, peu de mecs auraient eu ta patience.

— On couche sans scrupule mais on garde un fond humain quand même ! rigole-t-il.

— Alors ça, ça reste à prouver ! dis-je en sortant de voiture.

Julien prend mes achats dans le coffre.

— Je vais te les déposer dans la chambre. Va voir Sophia, le photographe a dû arriver, je vous rejoins.

Je fais mine de protester et de lui prendre les sacs des mains.

— Pas question ! Je ne voudrais pas qu'une des mères te voie porter des sacs dans ton état. Et puis je préfère m'assurer qu'ils ne croiseront la gueule d'aucun chien. Je suis patient mais je ne survivrais pas à une autre journée shopping !

— Très bien, merci, monsieur Parfait.

— De rien, mademoiselle Têtue.

Je ne prends pas la peine de répondre.

Le rendez-vous avec les photographes se passe

encore mieux que prévu et tout est convenu pour ce week-end. Alléluia, enfin quelque chose qui se déroule correctement !

Je passe un peu de temps avec Sophia à organiser la cérémonie de samedi et je m'assure que l'on n'a rien oublié dans la liste « ne rien oublier ».

A priori, c'est bon.

Elle me raconte le repas de midi et la déconfiture de Damien quand il a appris que j'étais *vraiment* avec Julien et *vraiment* enceinte. Je lui résume à mon tour la petite conversation que j'ai eue avec lui plus tôt et qui la fait halluciner.

— Eh bien, quel romantisme ! Vraiment désolée de ruiner tes plans avec don Juan.

On rigole toutes les deux avant de se séparer pour se refaire une beauté avant de sortir dîner et boire un verre en ville.

Je fais d'abord un petit détour par la chambre de Carole. En fait un grand détour, car je me perds une fois de plus dans le dédale de cette maison.

Jean est sorti et Carole se prépare. Je lui donne le test de grossesse et m'apprête à partir quand elle me retient.

— Non, s'il te plaît, reste avec moi.

J'acquiesce. Carole va aux toilettes et je me surprends à croiser les doigts pour que ça marche. Ils le veulent tellement, cet enfant. Et je sens que mon petit frère est prêt. En fait non, ce n'est pas tout à fait vrai mais, comme tous les hommes, il ne le sera jamais. Mais il le veut si fort que c'est tout ce qui compte ; le reste, il l'apprendra sur le tard.

Carole revient quelques instants après.

— Alors ?

— J'attends, il pause dans la salle de bains.

— Et combien de temps il doit « pauser » ?

— Deux minutes, apparemment.

— OK.

— Bon, qu'est-ce qu'on fait, en attendant ?

Carole a l'air complètement tendue.

— Je sais, lui dis-je, je mets de la musique et, à la fin de la chanson, on va contrôler.

— OK, répond Carole, soulagée.

Après un survol nerveux de la playlist de mon iPhone, mon doigt s'arrête sur *Big Girls Don't Cry*, de Fergie. Pas vraiment joyeux mais assez mélodique.

I hope you know,
I hope you know
That this has nothing to do with you
It's personal
Myself and I,
We've got some straightening out to do
And I'm gonna miss you like a child misses their blanket
But I've got to get a move on with my life,
It's time to be a big girl now

And big girls don't cry…

J'espère que tu sais, j'espère que tu sais
Que cela n'a rien à voir avec toi
C'est personnel,
Entre moi et moi-même,
On doit mettre les choses au clair,
Et je vais te manquer comme son doudou manque à un enfant
Mais je dois avancer dans ma vie,
Il est temps d'être une grande fille maintenant
Et les grandes filles ne pleurent pas…

On chante à tue-tête et on rigole de nos voix si *différentes* de celle de Fergie. Enfin, sans vouloir être mauvaise langue, avec les mêmes techniques de studio, on chanterait probablement aussi bien qu'elle. Passons.

La musique s'arrête. C'est le moment. J'éteins l'iPhone et on se regarde.

— Tu y vas ? lui dis-je.

— Tu veux pas y aller, toi ?

— Non, je pense que c'est à toi de le faire. Si ça a marché, c'est cool, si ça n'a pas marché, vois le verre à moitié plein plutôt qu'à moitié vide : après tout, ça ne change rien à ce que tu pensais ce matin et ça te laisse plein d'occasions pour essayer de nouveau…

— Ah oui, confirme-t-elle avec un sourire rêveur.

— Stooop ! C'est mon frère, je ne veux rien imaginer sous peine de cauchemars à vie !

— Bon, allez, j'y vais.

Elle part dans la salle de bains et y reste ce qui me semble un temps incalculable…

Elle revient dans la chambre et son regard n'exprime… rien.

Puis elle lève les yeux du test qu'elle tient du bout des doigts et me dit, d'une voix très calme :

— Eh bien, il semblerait… que tu vas être tata !

— Ouiiiiii !

Je saute du lit directement dans ses bras. On reste comme ça, dans les bras l'une de l'autre, à bondir comme des folles pendant quelques minutes. Je la félicite en pleurant à moitié. Je crois que ça fait partie des rares instants de véritable plénitude dans une vie. Où on n'attend rien, rien de plus. On est juste bien, pendant quelques instants, avec ce que l'on a. Même si ce ne sont que deux bandes de couleur sur un bout de plastique, même pas à moi qui plus est. Quelqu'un disait que le bonheur des gens était contagieux : c'est vrai. Je n'ai pas subi au même titre que Carole ce désir contrarié d'enfants, ces mois d'angoisse, ces déceptions à répétition, mais là, dans cette chambre, je respire avec elle, comme elle. Je suis sereine pour elle. Comme si on m'avait ôté un poids, à moi aussi. Mes problèmes relationnels avec l'espèce d'hyperactif aseptisé et ma pseudo-grossesse me semblent très loin.

On finit par se calmer et on élabore un plan d'action pour ces prochains jours. Hors de question de voler doublement la vedette à Sophia : Carole décide donc de laisser passer le mariage et d'attendre que Sophia ait annoncé sa propre grossesse pour annoncer la sienne.

Et puis elle semble heureuse de garder encore un peu ce secret pour elle et décide même d'attendre le lendemain du mariage pour le dire à Jean. En attendant, ce sera son bébé, rien qu'à elle.

Je laisse Carole à son bonheur et retourne dans *ma* chambre après ma promenade désormais rituelle (autant qu'involontaire) dans les couloirs sans fin de ce domaine de fou.

Déjà 19 heures. Je profite de l'absence de Julien pour me doucher, tout en me demandant ce que je vais bien pouvoir porter ce soir. Quand je pense que ce matin encore je n'avais rien à me mettre… Bon, en plus c'étaient les soldes, or, comme chacun sait, le principe des promos n'est pas d'acheter ce dont on a besoin pour moins cher mais de ne pas se contenter de la moitié quand on peut avoir le double au même prix.

Je laisse couler l'eau en me repassant ma nouvelle garde-robe : la robe noire Morgan ? La blanche à fleurs ? La noire est un peu beaucoup échancrée et courte, mais bon… J'ai pris quoi comme chaussures ? Parce que finalement tout dépend des chaussures…

J'interromps un instant mes réflexions pour sortir de la douche et me sèche rapidement. Tiens, je ne me rappelais pas qu'il faisait aussi chaud, quelqu'un a coupé la clim ou quoi ? Du coup, j'abandonne ma serviette dans la salle de bains pour arriver plus fraîche devant le placard, où j'ai la surprise de constater que Julien a soigneusement rangé mes vêtements.

Eh bien, un authentique maniaque ! Ça doit être quelque chose de partager la vie de ce genre de mec. Le dernier ex chez qui j'ai plus ou moins habité deux mois était tellement bordélique qu'il laissait parfois ses vêtements traîner en boule un mois avant de déclencher l'alerte et de les apporter à sa mère, qui se faisait un plaisir de les nettoyer !

J'esquisse un sourire, qui s'efface bien vite quand j'entends derrière moi la porte s'ouvrir avec fracas. Je me retourne pour constater, *primo*, que Julien vient de rentrer et, *secundo*, que je suis nue.

La boucle est bouclée, ce n'est pas comme ça que la journée a commencé ? Ah oui, enfin presque, parce que ce matin, ce n'était que la poitrine, alors que là, il a droit à l'intégrale.

Il dit « Oh », je dis « Oh », et quand mes neurones se reconnectent enfin, je fonce dans la salle de bains.

Je l'entends derrière la porte.

— Je suis désolé, je n'ai pas entendu l'eau, j'ai cru que tu n'étais pas rentrée.

— Et frapper, tu sais pas faire ?

— C'est ma chambre !

— Oh ! Et maintenant c'est aussi la mienne, je te signale, chéri, dis-je en sortant de la salle de bains, la serviette nouée autour du corps.

— J'étais avec Matthieu, figure-toi. Tu ne crois pas qu'il aurait trouvé bizarre que je frappe pour entrer dans *ma* chambre, retrouver *ma* femme qui m'attend avec *mon* bébé dans le ventre ?

— Oh, mais je n'avais jamais remarqué à quel point tu étais possessif ! Et puis tu n'avais qu'à lui dire que je suis particulièrement sensible en ce moment à cause des hormones. Ça ne l'aurait pas choqué : les femmes enceintes sont censées collectionner les tocs bizarres, non ?

Julien prend sa respiration et répond :

— C'est sûr, et puis quelque chose me dit que, pour t'avoir fréquentée, il ne doit pas être choqué par grand-chose…

Je lui tire la langue avant qu'il puisse répondre et plonge dans le placard. Au moins, ce petit intermède inattendu m'aura permis de choisir : ce soir, ce sera la robe noire échancrée. Je vais la passer dans la salle de bains. Je me juche sur des escarpins noirs aux talons vertigineux et vérifie l'effet dans la glace. Avec un maquillage léger et un chignon soigneusement négligé (les mèches rebelles qui coulent de chaque côté font immanquablement leur petit effet), c'est parfait. Exagéré ? Certainement pas ! A la guerre comme à la guerre, et que la fête commence !

7. Un jeu dangereux

Nous partons tous manger dans un petit restaurant asiatique pittoresque.

Il y a les futurs mariés, Carole et Jean, Angie et Matthieu, Damien et Maxime et les parents de Paul et de Sophia. Le repas se passe bien. Mis à part le manque d'alcool. J'aurais bien bu un verre de vin ou deux, quand même… J'écoute d'une oreille distraite la conversation où il est question de l'ordre d'arrivée des mariés à la mairie, quand je m'aperçois que le verre de rosé de Julien est posé juste à côté du mien… Peut-être que ni vu ni connu… D'ailleurs, depuis quand il boit du rosé, lui ? Je croyais qu'il n'aimait que le rouge. En tout cas, c'est ce qu'il me fait commander chaque fois que je réserve une table pour ses repas d'affaires avec de gros clients. Malgré le regard en coin de Julien, je prends discrètement le verre et bois juste une gorgée. Ah, ça fait du bien ! Non, ne me traitez pas d'alcoolique, ne me jugez pas sans savoir. Ou alors relisez bien le début de cette histoire et vous verrez qu'avec tout ce qui s'est passé, ce verre, je l'ai bien mérité. Et puis un petit remontant n'a jamais fait de mal à personne !

Le reste du repas se déroule sans encombre et je constate que le verre de rosé de Julien atterrit régulièrement à côté du mien. Pratique. Pratique, ou bien calculé ? Parce que je m'aperçois que Julien a aussi un verre de rouge… En fait, j'ai même l'impression que le rosé ne descend pas quand je n'en bois pas… Il aurait pas fait ça, quand même ? Ducon, prévenant ? Je n'y crois pas. Passons, j'éclaircirai ça plus tard. Sophia se lève une fois de plus pour aller aux toilettes et me demande de l'accompagner. Elle ne se sent pas bien. Elle a à peine touché au repas, par précaution, j'imagine. Je suppose qu'elle a entendu sa mère me dire que la nourriture épicée n'était pas vraiment recommandée dans mon état, avant de commander mes plats à ma place. Quelle délicate attention…

Sophia vomit une dernière fois et semble aller légèrement mieux.

Je lui propose de la raccompagner mais elle refuse. Elle veut profiter de cette soirée entre amis et espère juste que les parents vont s'éclipser rapidement. Pour accélérer le mouvement, nous proposons d'aller boire un verre après le repas. Ça ne loupe pas, ils préfèrent rentrer.

— Tu devrais venir avec nous, ma chérie, me suggère gentiment la maman de Sophia.

Je refuse poliment et elle finit par laisser tomber. Damien, convaincu d'avoir mangé un truc avarié ou d'avoir carrément été empoisonné, préfère rentrer aussi. Ça m'arrange. Nous avons échangé peu de mots depuis ce matin et c'est encore un peu tendu entre nous, même s'il sait que ce que je lui ai dit au sujet de Julien et moi est *la vérité*.

Nous partons donc tous les sept pour un petit bar sympathique, pas loin du centre, où on peut même faire un billard et jouer aux fléchettes.

En arrivant, Sophia file directement aux toilettes et je lui tiens les cheveux pendant qu'elle vomit de nouveau. Heureusement, je ne suis pas sensible, mais si ça continue, je vais finir par me sentir mal, moi aussi.

En s'épongeant le visage elle me jure que cette fois ça va mieux. Elle qui prétendait échapper aux nausées…

A notre retour, il y a deux pichets de sangria et un Coca zero pour moi sur la table. Sophia semble crever de soif et, quand elle refuse le verre de sangria que Maxime lui tend, Matthieu intervient :

— OK, maintenant arrête et dis-nous la vérité.

— Quoi ?

— Tu vas un peu trop souvent aux toilettes pour quelqu'un qui n'a pas de problème de prostate et je ne crois pas t'avoir vue boire une goutte d'alcool depuis le début du dîner. Avoue qu'il y a de quoi se poser des questions.

Paul décide alors de tout leur dire, ce qui soulage Sophia, fatiguée de se taire. Evidemment, il nous fait jurer que ça ne sortira pas de notre petit groupe. Tout le monde est ravi et lève son verre à la bonne nouvelle. Quant à moi, j'ai gagné le droit de boire la sangria de Sophia en échange de mon Coca Zero. Une bonne affaire.

Matthieu se tourne vers moi, visiblement soulagé.

— Mais alors, ça veut dire que c'était pas toi, c'est ça ?

— Non, confirmé-je, j'ai dit ça pour couvrir Sophia.

On essaie de leur expliquer, mais Matthieu insiste :

— Mais vous êtes ensemble ou pas ?

— Non, répond-on en chœur, Julien et moi.

— Je vous ai pourtant bien vus vous embrasser ce matin ! Je suis pas fou.

— Laisse tomber, dis-je. Ça ne t'est jamais arrivé de mal interpréter des choses ?

Julien explique notre problème de chambre et tout le monde semble trouver cela cohérent.

Angie me foudroie du regard et je comprends que mon mensonge me fait dégringoler du rang de meilleure amie à la case pire ennemie. Elle ne se prive d'ailleurs pas de m'engueuler en public.

— Tu aurais quand même pu me le dire, la confiance règne ! Maintenant, c'est moi qui passe pour une idiote avec mes conseils à la noix.

Sophia vient à ma rescousse en expliquant que c'est sa faute, et que c'est elle qui m'en a empêchée, mais je sens bien que tout est brisé entre nous. Tant pis, je pleurerai une autre fois.

Maxime revient s'asseoir à côté de moi après avoir commandé un autre pichet et je sens qu'on va bien s'amuser ce soir. Enfin !

On décide de faire une compétition billard/fléchettes. Les filles contre les garçons. Idiot comme idée, les filles sont nulles aux fléchettes, tout le monde le sait. Ados, on jouait souvent au billard, avec Sophia. Il y avait une table au bar à côté de chez nous et on aimait bien « faire les belles » devant les garçons. On se retrouve donc Angie, Sophia et moi contre Matthieu, Maxime, Julien et Paul. Carole est crevée et Jean préfère la raccompagner non sans expliquer qu'il espère une *récompense* en retour.

Les équipes sont inégales car nous sommes trois contre quatre, mais ce n'est pas grave.

On fait une première partie où Angie joue aux fléchettes contre Maxime et Julien, pendant que

Sophia et moi mettons une *pâtée* à Matthieu et Paul au billard. On a décidé ça un peu au pif et, si Angie a d'abord râlé de se retrouver seule (on a un peu triché, Sophia et moi, pour se retrouver toutes les deux), elle est finalement aux anges et ne se prive pas de minauder devant les deux garçons.

On rigole beaucoup, je bois pas mal aussi, et j'observe Julien du coin de l'œil. Il a l'air de beaucoup s'amuser. Pour la première fois, j'ai l'impression de voir en lui un ado insouciant qui passe un bon moment. Le barman, auprès de qui je vais régulièrement m'approvisionner, semble bien m'apprécier. Décidément, j'ai la cote avec les serveurs aujourd'hui.

Je minaude moi aussi (j'aime bien ce terme), pour essayer de prendre de l'avance.

Comme on gagne la première partie, les équipes tournent et on prend Maxime et Julien au billard. C'est là que les choses sérieuses commencent.

Ce sont des adversaires assez redoutables et la partie est beaucoup plus serrée.

On rigole moins qu'avec Matthieu et Paul car on doit se concentrer. L'alcool ingurgité ne m'aide pas beaucoup, pas plus que la proximité de Julien. J'ai l'impression qu'il prend un malin plaisir à rester à côté de moi quand je dois jouer un coup difficile, mais je ne m'en sors pas trop mal. J'en profite aussi pour le déconcentrer dès que c'est possible et je m'aperçois que c'est assez simple. Il me suffit d'adresser un sourire complice à Jeremy, le serveur (oui, en plus je connais son nom), pour déstabiliser Julien et lui faire rater son coup. Vers la fin de la partie, quelques clients traînent autour de notre table et Julien en profite pour sympathiser avec une grande brune. C'est nouveau, ça. Je croyais qu'il préférait les blondes. Dans le genre grande asperge, elle est pas mal, enfin si on aime les flamants roses en minijupe. Non mais je rêve ou elle aussi se met à minauder ? C'est fini, oui ?

J'en profite pour me rabattre sur Maxime car Jeremy est bêtement occupé à servir d'autres clients au bar.

On finit par perdre la partie sur un joli coup de Maxime, qui rentre la noire en indirect alors qu'il nous reste une boule. Zut. Pour la suite, c'est pas gagné vu notre niveau aux fléchettes.

Les équipes tournent de nouveau. Sophia et moi partons aux fléchettes affronter Paul et Matthieu, qui ont gagné face à Angie (qui avait déjà perdu face à Maxime et Julien). C'est mal barré pour l'équipe des filles. On rigole encore beaucoup, ça fait du bien de se retrouver avec Sophia, que les nausées laissent tranquille pendant le reste de la soirée. Ce petit intermède semble lui faire oublier sa grossesse cachée, les préparatifs du mariage et la réunion de sa famille et de sa belle-famille sous le même toit.

Note pour plus tard : ne jamais me marier. Trop compliqué, je ne supporterais pas ma mère et mon père, plus une belle-mère et un beau-père. Ou alors il faut que je me trouve un orphelin.

J'affine ma future stratégie matrimoniale quand je m'aperçois que Julien semble de plus en plus intime avec Grande Gigue.

— Concentre-toi, me sermonne discrètement Sophia. Tu pourras le reluquer tant que tu voudras quand on jouera contre lui tout à l'heure.

— Quoi ?

— Tu sais très bien ce que je veux dire. T'inquiète pas, il va pas s'envoler.

— Mais n'importe quoi…

— Oui, oui, c'est ça.

On finit par perdre, bien sûr, mais au moins on a bien ri.

On s'approche de la table de billard juste à temps pour voir Angie se faire écraser par les garçons. Décidément, elle sert à rien, celle-là. Matthieu la réconforte en la serrant dans ses bras. L'alcool doit me faire du bien car je ne ressens presque rien quand je le vois l'embrasser. J'ai dit « presque ».

On retourne aux fléchettes et Maxime en profite pour me donner des cours particuliers, genre cliché de prof de tennis. Il se place derrière moi et dirige mes bras pour simuler le lancer parfait. J'en profite pour me caler ostensiblement contre lui pour faire enrager Julien.

A vrai dire, à cette heure avancée de la soirée, je ne sais plus trop quel est le but du jeu. Gagner des points en jouant les séductrices et en lui montrant que ça marche, ou juste le rendre jaloux ?

Telle Scarlett O'Hara, je me dis que je réfléchirai à ça demain. Pas le courage d'aller visiter les profondeurs de mon esprit embrumé ce soir.

La grande brune refait son apparition aux côtés de Julien. Grrrr.

On finit par perdre ! Bien sûr. C'est donc une victoire écrasante de la gent masculine. Une poussée de testostérone plus tard, nous nous retrouvons à devoir leur offrir et servir des bières toute la soirée. On n'avait qu'à pas parier.

Une piste de danse s'est improvisée dans le bar. On se trémousse un peu et on s'amuse beaucoup. Je danse avec Maxime puis avec un inconnu, pas mal mais un peu trop collant à mon goût. Impossible de m'en débarrasser. Il est bien gentil, mais il faudrait qu'il comprenne que là c'est pas un slow, et qu'il faudrait arrêter de me coller sur ce morceau qui n'en finit pas.

Rien à faire. Il me presse contre lui et je sens quelque chose de dur et qui ne semble pas être une canette de bière qu'il aurait glissée dans la poche de son jean. M'enfin ! C'est flatteur mais très désagréable.

— Tu permets ?

C'est Julien, qui m'entraîne sans laisser à Rocco Siffredi le temps de répondre.

— Waouh, chevalier au secours des princesses en détresse, je ne te connaissais pas ce rôle !

— C'est juste que d'habitude c'est Maïa qui vient te sauver la mise, non ? Je me suis dit que ça lui faisait un peu loin, depuis Paris, et connaissant tes choix désastreux en matière de cavalier…

— Comment ça « choix désastreux » ? Il est pas si mal et j'aurais très bien pu m'en sortir seule !

— C'est vrai, j'avais oublié que la *princesse* avait des griffes.

On continue de danser. Il danse pas mal, d'ailleurs, et il poursuit :

— Au fait, je crois que je suis en train de gagner !

— De quoi tu parles ?

— J'ai récupéré le numéro d'Elsa.

— Elsa ?

— La belle brune.

— Ah, la jument ?

— Oh la mauvaise ! Je rêve ou tu es jalouse ?

— Moi ? Tu déconnes ou quoi ? Je t'ai déjà vu avec mieux, c'est tout.

— Tu veux dire que tu me préfères avec des

Barbie, c'est ça ? Un peu dans ton genre ? me dit-il, railleur.

— Mon genre ? Décidément, j'ai tous les styles avec toi. Bon, si tu permets, moi aussi j'ai des numéros à récupérer…

J'essaie de me libérer mais il resserre son étreinte.

— Doucement, ma jolie, on reprend. Pas de coups bas cette fois-ci ?

— Tu peux parler, c'est toi qui as commencé, je te ferai remarquer et… Oh non, il revient ! dis-je en voyant mon étalon en rut.

Julien sourit et fait mine de s'écarter.

— Tu veux récupérer son numéro, je suppose ?

— Non, non, je t'en prie, reste encore un peu.

Je m'accroche à ses épaules.

— Dis donc, j'aime bien quand tu me supplies. Essaie encore, pour voir, je crois qu'Elsa m'appelle et…

— S'il te plaît, Julien… encore une minute…

Il rigole. Je le regarde dans les yeux :

— Bon, OK, qu'est-ce que tu veux en échange ?

— Waouh, carrément ! Qu'est-ce qu'il t'a fait pour que tu le fuies comme ça ? Je t'ai déjà vue moins regardante.

— Disons qu'il est un peu trop *empressé* à mon goût. Enfin surtout une certaine partie de son anatomie.

— C’est juste que tu lui fais de l’effet, ou alors il a vraiment trop bu.

— Merci…

— Désolé, c’est pas ce que je voulais dire… Je te connais trop bien pour être objectif, mais j’imagine que tu dois faire pas mal d’effet dans cette robe…

— Eh bien ! Je te supplie et tu t’excuses dans la même discussion ! On progresse.

On s’arrête de danser quand la musique se tait. Il plante son regard vert dans le mien et j’ai du mal à le soutenir.

— On dirait que nos relations évoluent, dit-il avant d’aller retrouver les autres.

Je reste interloquée un instant et finis par le suivre pour échapper à mon admirateur.

Paul et Sophia sont fatigués et veulent rentrer. Les autres sont partants pour aller boire un dernier verre dans une boîte dont le serveur m’a parlé. On rentrera avec la voiture de Julien. Dans la boîte, la musique est beaucoup trop forte pour permettre une conversation normale. De toute façon, ce n’est pas ce qui m’intéresse puisque ma seule *copine* restante est Angie.

On commande une bouteille. Tant qu’à ne plus être enceinte autant se prendre une bonne murge !

Comme notre *gage* n’est pas terminé, Angie et moi jouons les barmaids pour les trois garçons. On prend la chose très au sérieux, en affectant des mines de serveuses de casino coincées pour leur verser leur vodka pomme. On éclate d'un rire complice quand Angie trébuche et manque de renverser son verre sur le pantalon de Maxime. Je vais aux toilettes et Angie m'accompagne. Je sens qu'elle a envie de me parler… Ah oui, c'est vrai, on est encore mardi même s'il est 2 heures passées… La journée confidences n'est pas finie !

— Je suis contente d'être un peu seule avec toi, dit-elle. Quand il y a Sophia, c'est impossible de discuter, vous êtes collées comme des siamoises.

— Tu sais, avec Sophia, on se connaît depuis toujours et on ne s'est pas vues depuis longtemps, expliqué-je pour me justifier.

— Je sais, je sais. D'ailleurs, c'est pas un reproche. J'aimerais parfois pouvoir entrer un peu dans vos délires, c'est tout.

Effectivement, elle n'a pas l'air de m'en vouloir. Comme je ne réponds pas, elle en profite pour rectifier son rouge à lèvres. Quand elle termine, elle se retourne en me proposant le tube.

— Pourquoi pas ?

— Tu devrais en mettre plus souvent. Tu as de belles lèvres bien dessinées, c'est dommage de ne pas les mettre en valeur.

— Ah ? C'est gentil mais je suis nulle en maquillage, j'en mets très peu.

— Je comprends ! Si j'avais un visage aussi

joli que le tien, moi non plus je n'en abuserais pas, lance-t-elle avec un grand sourire.

— Pourquoi tu dis ça ? Tu as un visage ravissant.

Et le pire, c'est que je le pense vraiment.

— Si on n'y regarde pas de trop près ! J'ai une vilaine peau, mais je crois que c'est de famille, alors…, fait-elle en dégainant son poudrier.

Je ne cache pas mon admiration devant sa dextérité, ce qui la fait rire.

— Des années d'expérience dans l'art du camouflage ! Au fait, si tu veux, je te maquille pour le mariage. Dans ton style, bien sûr, pas comme un camion volé !

J'accepte volontiers et je vais pisser. Quand je sors, après m'être *lavé* les mains sous un filet d'eau douteux, Angie me prend par le bras. Ouille, ça sent pas bon.

— Je voulais te dire…

— Oui ?

— Je suis désolée pour Matthieu. Ça n'a rien à voir avec toi, ça s'est fait tout seul, promis. J'aurais jamais cru qu'un mec comme lui s'intéresse à une fille comme moi.

— Comment ça une fille comme toi ? m'étonné-je en m'essuyant les mains comme je peux.

— Ben, comme moi, quoi. Tu m'as comprise. Sans ta classe ni ton boulot.

— Mais arrête ! A quoi ça rime de te comparer à moi ? Tu es très bien et Matthieu a l'air heureux avec toi. De toute façon, je crois que j'étais trop compliquée pour lui.

— Peut-être… En tout cas, je me sens bien avec lui, comme si tout était simple. Pour la première fois, je ne me sens pas jugée. Oh ! je ne me fais pas de faux espoirs non plus, je sais comment il est. Quand il sera lassé, il ira voir ailleurs, mais en attendant, j'en profite.

— Eh bien pour l'instant, ça n'a pas l'air d'être le cas, si j'en crois la manière dont il te regarde !

— Tu crois ?

— J'en suis sûre.

— Tu en as parlé avec lui ? demande-t-elle, un léger soupçon dans la voix.

— Techniquement, c'est lui qui en a parlé avec moi. Je me suis contentée d'écouter.

— Et qu'est-ce qu'il t'a dit ?

Dans sa voix et dans son regard, le soupçon s'est mué en inquiétude.

— Exactement la même chose que toi, alors profite ! Il se pourrait même que tu réussisses à le changer.

— Tu crois ? Je ne sais pas pourquoi mais cette fois, après tous ces crapauds, j'ai le sentiment que ça pourrait marcher.

Je rigole.

— Méfie-toi quand même, au fond de chaque homme, il y a un crapaud qui sommeille !

— Hé, tu parles à une spécialiste ! Je suis

même passée interprète dans le langage des crapauds. D'ailleurs, si tu as une question sur celui qui te tourne autour en ce moment, tu n'as qu'à me demander…

— Oh non, tu vas pas t'y mettre toi aussi ! Julien et moi…

— Qui te parle de Julien ? Je parlais de Maxime…

— Oh ! je…

— Non, je déconne, je parlais bien de Julien. Je voulais juste vérifier qu'il n'y avait pas erreur sur le batracien…

— Angélique !

C'est sorti tout seul. Je suis tellement outrée que j'emploie son prénom en entier. Elle pose un doigt sur ses lèvres rouges.

— Motus et bouche cousue, je ne dis plus rien.

Sur quoi elle sort rejoindre les autres.

Allez, une de plus sur la liste d'attente pour la publication des bans du mariage de Lydia et Julien. Commencent tous à me fatiguer. Bon, faut que je retourne dans l'arène, ces toilettes puent vraiment trop.

Comme il me l'a promis, Jeremy nous rejoint après son service.

On danse et je m'amuse, mais j'abuse aussi un peu de la vodka. Je me déhanche avec de moins en moins de retenue devant lui et une part de moi-même se demande comment je vais bien pouvoir sortir de ce pétrin. Je suis clairement en train de lui lancer des signaux sans équivoque, et en même temps je ne me vois pas du tout passer la nuit chez un parfait inconnu en pleine semaine de préparatifs du mariage et encore moins l'inviter dans *ma* chambre…

J'en suis là de mes réflexions quand il en profite pour m'embrasser. Il embrasse pas trop mal, c'est déjà ça. Remarque, c'est à peu près ce que j'ai dit la semaine dernière avec le boulet du bar.

Julien choisit de débouler pile au moment où les mains de Jeremy deviennent un peu trop baladeuses.

— Lydia, dit-il, ou plutôt aboie-t-il pour couvrir le bruit des basses, tu fais comme tu veux, mais nous on rentre et je ne fais pas taxi, alors vois avec ton petit copain comment tu t'organises.

— Non, c'est bon, je rentre.

— Mais je peux te ramener, si tu veux, intervient Jeremy.

— Euh, non merci. Il faut vraiment que je rentre ce soir, je ne peux pas faire autrement, dis-je en me dégageant.

— Allez reste, on s'amuse bien, objecte-t-il en se collant à moi.

— Tu as entendu, elle t'a dit qu'elle rentre ! le coupe Julien sur un ton qui ne souffre aucune réponse.

— De quoi tu te mêles, toi ?

Oh merde, ils se rapprochent et sont maintenant presque front contre front. Ça sent le combat de coqs et je rassemble ce qu'il me reste de lucidité pour m'interposer comme je peux avant le début des hostilités. Maxime, qui a vu que ça chauffait, arrive avec Matthieu sur les talons. Là c'est vraiment la catastrophe, je dois éviter la bagarre générale.

— Non, non, non, dis-je en regardant Julien, avant de me retourner vers Jeremy. Je te donne mon numéro, appelle-moi demain, d'accord ? Mais là il faut vraiment que j'y aille, cas de force majeure.

Jeremy acquiesce. Ouf. Il note mon numéro sur son portable et me le fait répéter pour s'assurer que je ne lui en ai pas donné un bidon.

Dans la voiture, personne ne parle et Julien a l'air assez tendu. Je suis devant, à côté de lui, j'ignore pourquoi les autres m'ont cédé d'office la meilleure place. Peut-être ont-ils peur du regard sombre de Julien ? Je finis par rompre le silence.

— J'ai gagné, non ?

Un brin provocateur, je vous l'accorde. Et peut-être pas le timing parfait, OK. Mais je vous l'ai déjà dit, passé une certaine dose d'alcool, mon filtre anticonneries ne fonctionne plus.

Julien me regarde, atterré.

— Tu te fous de ma gueule ?

— Pourquoi ?

— Te faire violer au milieu de la piste, tu appelles ça une victoire ?

— Tu crois pas que tu y vas un peu fort ?

— Moi ? C'est l'hôpital qui se fout de la charité !

— Mais quel caractère de chien, et mauvais perdant, en plus. Que des qualités, t'es bon à marier !

— On peut savoir en quoi j'ai perdu ? J'ai un numéro, je te signale. Sans compter la blonde en boîte à qui j'aurais pu laisser le mien, si j'en avais eu envie. Mais quand je t'ai vue avec tes losers…

— Ah, parce que ta jument et ta poupée Barbie comptent plus que mes « losers », comme tu dis ?

— Ah ! Donc tu as bien vu la blonde, ce qui valide le score de deux à un.

— Certainement pas ! Avec mon tordu du bar on est à égalité !

— Mais de quoi vous parlez ? lance timidement Maxime depuis la banquette arrière.

— De rien ! répliquons-nous tous les deux.

— Enorme… Je ne vous connais pas bien, mais vous me faites penser à mes grands-parents, insiste Maxime.

— Quoi ? dis-je en me retournant pour le regarder.

— Toujours en train de se chamailler. Je ne les ai jamais vus autrement. J'étais persuadé qu'ils se détestaient et qu'ils restaient ensemble pour les convenances.

— Et ?

— Et le jour de la mort de mon grand-père, je n'ai jamais vu personne d'aussi malheureux sur terre que ma grand-mère. J'avais grandi et j'ai pu lire ça dans son regard. Je crois que je n'ai jamais vu autant d'amour dans les yeux de quelqu'un depuis.

Un silence s'installe, que même Angie n'ose pas rompre.

— Tu as perdu quand même, dit Julien après quelques minutes.

Je secoue la tête.

Un instant plus tard, Julien gare la voiture : on est arrivés. Matthieu réveille doucement Angie, qui s'est endormie, et la porte à moitié jusqu'à leur chambre. Maxime nous fait un signe et s'en va. Je m'apprête à prendre le couloir de gauche quand Julien me lance :

— Tu vas dormir où ? Chez lequel de tes nombreux soupirants ?

— J'aimerais bien faire ça, mais un malotru les a tous chassés ! Donc je me contenterai de notre prison commune, dis-je en m'engageant dans le couloir d'un pas décidé.

— Quand tu me suppliais de t'aider, je n'avais pas l'impression d'être un « malotru ». Et c'est de l'autre côté, notre prison, couloir de droite, si tu la cherches.

Je me retourne, il est resté dans le hall d'entrée et me montre le couloir opposé à celui où je suis. Réussir à être énervant à ce point, ça relève du génie.

Je rebrousse chemin en râlant et trouve enfin la porte de notre chambre. Julien la claque derrière nous et me retient par la main avant de me plaquer contre le bois.

— Tu vas pleurer tes amours perdues toute la nuit ?

— Pourquoi ? Tu te sens coupable de m'avoir fait rater deux superbes occasions ?

— Tu devrais plutôt me remercier de t'avoir épargné une nuit à mourir d'ennui.

— Et alors on fait quoi, maintenant ? Match nul et on est bredouilles tous les deux.

— Peut-être que ton serveur va te rappeler, qui sait ?

— Ça va être dur, je lui ai donné mon ancien numéro.

— Ah, alors je vais devoir aller retrouver Elsa pendant que tu dors bien tranquillement ici, chérie.

— Quoi ? Espèce d'ordure ! dis-je en le repoussant.

Mais il saisit mes mains et les immobilise contre la porte.

— Ou alors…

— Ou alors ?

— Ou alors, puisqu'on est deux et qu'on est déjà là, on pourrait rester à égalité mais sans finir bredouilles.

— Parce que tu crois que j'accepterais de…

Mais je n'ai pas le temps de finir ma phrase que Julien m'embrasse violemment.

Oh mon Dieu que c'est bon. Mais ça, je ne l'avouerai jamais, même sous la torture. Je n'ai pas le temps de réfléchir que son baiser se fait plus doux et sa langue, plus insistante.

Il relâche doucement la pression et j'en profite pour libérer mes mains et les glisser dans ses cheveux. Ça fait très cliché mais je crois qu'au fond de moi j'en ai toujours rêvé. Passer mes mains dans ses cheveux indisciplinés pour les *indiscipliner* encore plus.

Julien défait mon chignon et ses mains continuent de m'explorer. D'abord la poitrine, puis la main droite descend doucement et passe sous ma robe. J'en profite pour déboutonner sa chemise pendant qu'il m'embrasse dans le cou, sur la poitrine, un peu partout en fait.

J'ai l'impression d'être en manque de sexe et je me fais l'effet d'une nymphomane mais je m'en fous. Il n'a pas l'air de pouvoir se retenir non plus. Une toute petite voix essaie de me prévenir : « C'est Julien, tu es en train de… », mais la réception est complètement brouillée et je ne comprends rien. Tant pis… j'essaierai de décoder demain…

C'est une tempête qui passe au-dessus de nous et rien ne semble pouvoir nous arrêter (du moins je promets de massacrer celui qui essaierait). Julien trouve un préservatif dans la poche d'un pantalon posé sur une chaise, l'enfile en un instant et me prend contre la porte. J'ai la sensation grisante d'être soulevée sans aucun effort. L'impression d'être une plume… Et il fait ça si bien que je suis incapable de la moindre pensée cohérente. Juste que c'est bon, le sexe sans conséquence… ct jc jouis en même temps que lui.

Il repose doucement mes jambes par terre et je me sens plus fragile qu'à aucun autre moment de ma vie.

— Alors ? Ton lot de consolation ? me taquine-t-il.

— Pas mal, je vais prendre goût au sexe sans conséquence.

— Pas mal ?

— Oui, d'ailleurs je crois que l'inconnu au bar présageait de bonnes choses aussi…

— Ne me provoque pas, sorcière, dit-il en me portant jusqu'au lit. On va voir si tu tiens le coup pour la suite après ces préliminaires…

— Ces préliminaires ?

— Déjà fatiguée ?

— Non, impatiente, dis-je simplement.

Ensuite ce n'est plus une tempête que nous traversons, mais un ouragan, aussi mouvementé et torride que les « préliminaires », mais bien plus long et encore meilleur. Puis je sombre dans un sommeil profond, un sourire aux lèvres…

8. Les jours d'après

Je me réveille, calme et sereine, comme si, comme si… comme si j'avais fait (deux fois) l'amour avec mon patron ! Avec Julien ! Oh mon Dieu !

Je regarde l'iPhone : 11 heures. Je suis seule dans la chambre, Julien est parti.

Quel jour on est ? Mercredi. Ça va, rien de prévu ce matin, enfin je crois. Je me douche vite fait et je sors de cette chambre.

Je rejoins Sophia qui est dans la pièce principale en train de discuter avec sa belle-mère. Elles me regardent arriver et j'ai l'impression qu'on peut lire sur mon visage « j'ai couché avec mon patron ». Remarque, pour la belle-mère, c'est normal, mais pour Sophia…

Bon, finalement leur conversation sur les essayages de la robe, demain, reprend vite. On me demande si j'ai bien dormi, s'il est bien raisonnable de se coucher aussi tard « dans mon état », bla-bla-bla. Jusque-là, je survis. Puis j'entends une voix familière qui me fait sursauter. *Il* arrive, avec Matthieu et Jean. On se salue et je suis toujours en vie.

Matthieu me demande discrètement si je n'ai pas trop mal à la tête… Je crois un instant qu'il fait allusion au fait que ma tête ait tapé à plusieurs reprises sur la porte hier soir pendant qu'avec Julien… puis je réalise qu'il parle d'une éventuelle gueule de bois suite à ce que j'ai ingurgité. Il faut que j'apprenne à être moins nerveuse, moi.

Vu l'heure qu'il est, je prends un petit déjeuner léger et je sors sur la terrasse où Julien me rejoint. On est seuls, ça y est. Je suppose que c'est le moment où on est censés se parler. Je me tourne vers lui.

— Sans conséquence on a dit ?

— Sans conséquence.

— Deux adultes consentants…

— Qui ont un objectif commun.

— Parfait !

— Parfait !

On dirait qu'on vient de signer un contrat. C'est peut-être un peu ça, en fait.

La journée se déroule sans incident notable, un miracle. En fait, s'il n'y avait pas eu ce texto de Maïa, j'aurais sans doute pu oublier *l'incident*.

Alors ?

Quoi ?

Ben comment ça se passe la cohabitation ?

Un peu trop cohabité, justement…

Puis je renvoie de suite derrière :

Mais qu'est-ce que c'était bon !

Et là, je compte en levant mes doigts un à un. Un, deux, trois, qua… Pas le temps d'arriver à quatre que mon portable sonne déjà.

— Tu as couché avec Julien ?

— Coucou, ça va, ma chérie ?

— Oui et toi ?

— Oui, très bien.

— Tu m'étonnes ! C'est un bon coup alors ?

— Tu bosses pas aujourd'hui ?

— Non, je m'offre trois jours de vacances, j'ai décidé ça hier. Combien de fois ?

— Il fait beau à Paris ? Parce que ici…

— Lydia ! hurle-t-elle.

— OK, OK, dis-je en riant. Réponses : oui, oui et deux.

— Seulement deux fois ?

— Sachant qu'on était un peu bourrés tous les deux et que c'était juste excellent, ce n'est pas la quantité qui a primé !

— Raconte tout et n'oublie rien.

Je m'éloigne pour être sûre de ne pas être entendue, cette fois-ci, et j'entreprends de raconter l'essentiel à Maïa en gardant un certain équilibre entre autocensure et détails croustillants. Je lui explique notre « contrat ».

— Bien sûr, commente-t-elle sur un drôle de ton.

— Comment ça « bien sûr » ?

— Rien, c'est très bien, je suis très fière de toi.

— D'avoir couché avec mon patron et mis ma carrière en péril ? Oh ! tu sais, c'est rien, je n'ai fait que suivre les conseils d'une copine un peu folle qui ne vient ni de Vénus ni de Mars…

— Depuis quand tu suis mes conseils, toi ?

— Depuis hier soir !

— Et tu le regrettes ?

— Pour l'instant, non, mais je sens que ça risque de changer bientôt.

— Mais non : pas de conséquences, donc pas de soucis !

— Tu sais bien qu'il y en aura forcément. Comment on va reprendre comme avant ?

— Tu veux dire que tu n'arriveras plus à le haïr comme d'habitude ? Et ce serait si grave que ça ? Au pire, rien ne change, au mieux, vous devenez amis et même…

— Et même quoi ?

— Vous vous mariez et vous avez beaucoup d'enfants…

— OK, je vais démissionner, je pense que c'est le plus raisonnable.

— Lydia, on ne panique pas !

— Et je fais quoi alors ?

— *Carpe diem !* Comme tu dis tout le temps : demain il fera jour.

— Mais elle veut rien dire cette phrase. Enfin, elle marche pour les autres, pas pour moi !

— Peu importe. Ce que je veux dire, c'est que tu ne démissionnes pas. Tu ne fais rien de plus que t'occuper du mariage et assurer avec Julien, et on reparle de tout ça à ton retour.

— Mais, Maïa, je…

— Je te laisse, ma chérie, j'ai un autre appel. Tout va bien se passer, demain il fera jour.

Je n'ai pas le temps de répondre, elle a raccroché ! Je peux la tuer à distance ?

Je suis perdue. Dans tous les sens du terme. Paumée, sans plus de moral ni d'ambition. Bon, peut-être que toutes ces émotions me font dramatiser un peu : elle a raison, on verra demain.

La journée se déroule à la perfection, si l'on excepte une légère tension entre les futurs beaux-parents concernant l'agencement floral. Je désamorce le conflit (j'ai déjà précisé que j'avais tendance à dramatiser ?) en disant qu'on verrait vendredi quand lesdites fleurs arriveront. Les belles-mères se regardent un instant en chiens de faïence mais ça finit par s'apaiser. Elinor, la mère de Sophia, que je connais bien, n'a pas un caractère facile et, à mon avis, elle ne lâchera pas le morceau comme cela. Je n'ai pas franchement hâte d'être vendredi.

En fin d'après-midi arrive Becky, l'Anglaise, second témoin de Sophia. Elle est plutôt jolie mais je découvre surtout que la première impression qu'elle m'a faite n'était pas vraiment conforme à la réalité : je l'ai prise pour une coincée alors qu'elle est tout simplement faux cul. A peine arrivée, elle a l'air parfaitement à son aise et me fait comprendre que ce n'est pas parce que je suis là depuis longtemps et que je connais tout le monde que j'ai l'avantage pour autant. Comment elle me fait passer le message ? Comme toutes les filles : par le regard et l'intonation de la voix. Elle sympathise très vite avec Julien et la discussion s'engage aussitôt, en anglais. Comme s'ils avaient quelque chose de spécial à partager.

C'est déjà le soir et je n'ai pas vu passer cette journée. Pas étonnant, c'est la première fois depuis des lustres que je fais une grasse matinée, ce qui ne m'arrive jamais en temps normal. « Normal » ? Mais en ce moment rien n'est normal !

Visiblement, tout le monde est crevé et semble pressé de se coucher après une rapide collation. Dans la chambre, Julien me laisse me doucher en premier pendant qu'il consulte ses mails. Il a répondu à la proposition de M. Massifou cet après-midi après qu'on y a apporté quelques retouches. Quand je sors de la salle de bains, il me passe l'ordinateur pour que je prenne le relais.

— Tu t'entends bien avec Becky, dis donc, lui fais-je remarquer depuis la chambre tandis que j'entends l'eau qui commence à couler.

— Oui, ça va, elle est sympa.

Rien de plus. Merde.

— Et c'est quoi cette manie de parler anglais tout le temps ?

— Ben elle est anglaise, non ? me répond-il avant d'augmenter le débit de l'eau, mettant un terme provisoire à mon interrogatoire.

— Oui c'est sûr, elle est anglaise, dis-je quand il revient dans la chambre, une serviette nouée autour de la taille.

Pour ma part, je porte l'un de ses T-shirts, qui remplace la chemise de nuit que j'ai oublié d'acheter. J'admire quelques instants sa plastique avant de poursuivre :

— Mais bon, elle parle très bien français.

— Et alors ?

— Alors pourquoi elle ne parle anglais qu'avec toi ?

— J'en sais rien.

— Moi si.

— Et ?

— Elle t'aime bien, c'est tout.

— Ah, alors c'est une preuve supplémentaire

de mon charme légendaire, dit-il avec un sourire ravageur.

— RAV ! Rien à voir ! Par contre ça peut mettre les gens mal à l'aise. On a l'impression que vous cachez quelque chose. Sans compter que tout le monde sait que les Anglais n'ont pas de goût, dis-je avec un sourire.

Il rit et me soulève de ma chaise pour me poser sur le lit. Au moins, ça éclaire ma lanterne sur ses intentions.

— Jalouse alors ?

— Quoi ? Pas du tout !

— Tu parles anglais, tu sais très bien que ce que l'on dit n'a rien de confidentiel. Enfin, si tu penses que ça dérange « les gens », promis, demain on passe au français ! En attendant, ajoute-t-il en m'embrassant, j'aimerais bien que tu paies le loyer de ta chambre.

J'abandonne. Pas la peine de vous faire un dessin : pour l'absence de conséquences, on verra demain !

Le jour commence à poindre lorsque je me réveille, en nage. J'ai enfin compris pourquoi j'ai toujours chaud dans cette chambre : on n'a pas de clim ! Franchement, vu le standing du domaine, les propriétaires pourraient la faire installer. Je me douche discrètement et m'apprête à sortir pour aller prendre mon petit déjeuner quand Julien se réveille.

— Un câlin du matin ? me demande-t-il encore endormi.

Puis il se relève sur ses coudes et consulte son téléphone.

— Waouh, 6 heures ! Je rêve ou tu te réveilles avant moi ?

— Eh oui, ça arrive.

— Ça tombe bien, on a une grosse journée aujourd'hui. Bian attend une réponse.

— On ne l'a pas envoyée hier ?

— Si, mais il a renvoyé un mail cette nuit.

— …

Je ne sais pas quoi dire. Il est 6 heures du matin et ce type est capable de penser business avant le petit déjeuner.

— Je me suis réveillé et je n'arrivais pas à me rendormir, je réfléchissais, alors j'ai regardé mes mails, explique-t-il.

— Tu réfléchissais à quoi ?

— A nous. A la tournure des événements. C'est compliqué, tu sais.

Professionnellement…

J'imagine la conversation pénible qui va suivre et préfère prendre les devants.

— Non, il n'y a rien de compliqué, c'est une erreur, point. Il suffit de tout oublier et de remettre les compteurs à zéro.

— Une erreur deux nuits de suite ? demande-t-il.

— Exactement.

— C'est comme ça que tu le vois ?

— Oui. Toi et moi, c'est ridicule, dis-je avec une assurance qui est très loin de ce que je ressens. De toute façon, on sait très bien que ça ne peut pas continuer comme ça.

— Je suis d'accord, dit-il simplement.

Et là, je ne sais pas pourquoi, mais ces quatre petits mots suffisent à me faire mal.

— Tu es mon patron, on est trop différents. Tu veux du sexe sans lendemain, je croyais que moi aussi, mais ça ne m'amuse plus.

— Et si ce n'était pas ce que je voulais ? dit-il simplement.

— Mais alors qu'est-ce que tu veux ? Tu le sais, au moins ?

Il s'est levé et me regarde en enfilant un jean et une chemise. Il hausse les épaules.

— Non, j'en sais rien !

— Tu veux une relation longue, un mariage, des enfants ?

— Ah non, certainement pas ! ricane-t-il.

Aïe, ça fait encore plus mal. J'écarte les bras en signe d'impuissance.

— Eh bien voilà, tout est dit.

— Qu'est-ce que je suis censé comprendre ? C'est ce que tu veux, toi ? Première nouvelle.

— Et toi, qu'est-ce que tu en sais ? On change

avec l'âge, et moi, j'en ai marre de tout ça. Si je ne prends pas ma vie personnelle en main maintenant, je ne le ferai jamais.

— Et ?

— Et je crois que ma vie professionnelle m'en éloigne. Je préfère donc partir.

— Partir ?

— Oui. Quitter cette chambre, ce boulot. Toi.

— Tu démissionnes ?

Je ne comptais pas aborder ce sujet délicat entre la douche et les croissants, mais je suis déjà allée trop loin pour reculer et ma réponse coule de source.

— Oui.

Et en le disant, je m'aperçois que c'est effectivement ce que je veux, avant qu'il ne soit trop tard.

— Et comment on fait pour le contrat ?

Et voilà ! Ce type est incorrigible.

— Ne t'inquiète pas pour ta chère entreprise, je ne ferai rien qui puisse nuire à ton bébé. On boucle le dossier, on signe et je m'en vais.

Il reste un instant sans rien dire et acquiesce.

— OK. Je suis déçu, c'est tout. Je te croyais plus résistante. J'ai fait une erreur, au temps pour moi.

— Non, *moi*, j'ai fait une erreur. L'erreur de penser que tout cela était sans conséquence, alors que ça n'existe que dans les films. C'est de la publicité mensongère, dis-je avec amertume.

— Alors je suis une erreur, c'est ça ?

— Je pense que tu es quelqu'un de bien, seulement, il faudrait que tu le découvres toi-même pour qu'une femme s'en rende compte. Et je crains que ça prenne du temps, en tout cas trop pour ma patience et mon courage. Donc je ne crois pas que tu sois *une* erreur, par contre tu es *mon* erreur, c'est certain.

Quand je sors de la chambre, je me sens accablée par une soudaine envie de pleurer. La fatigue ou la tension nerveuse, je ne sais pas. Les deux, sans doute. Ça y est, je suis au chômage… et célibataire. « Célibataire » ? Je ne sais pas pourquoi cette dernière pensée me vient. Célibataire, je l'ai toujours été, en réalité. C'est bien ça mon problème. Un conseil de ma mère me revient à la mémoire : « Ne donne rien gratuitement à un homme, il te dira toujours que c'est trop cher. » Pour la première fois, je crois comprendre ce qu'elle voulait dire et j'ai même presque envie de parler avec elle. Aïe, si j'en suis là, c'est que c'est encore pire que je le craignais.

La matinée se déroule cependant tant bien que mal et je cherche une solution pour changer de chambre, sans réussir à aborder le sujet avec Sophia. Ma faible capacité de concentration après ma décision de ce matin ne doit pas aider. Au détour d'une conversation, j'apprends que Becky a sa chambre. Tiens ? Il y a des privilégiés ?

Je sors prendre l'air dans le jardin, avec *When I Was Your Man*, de Bruno Mars, dans les écouteurs. C'est triste, mais vous savez comment sont les filles : quand on est tristes, on aime bien en rajouter. Je me prends à rêver que la vie soit aussi simple que les paroles d'une chanson. Sauf que dans la vie les hommes ne sont pas des poètes.

And I should have bought you flowers, and held your hand,

Should have gave you all my hours,

When I had the chance,

Take you to every party,

'cause all you wanted to do was dance,

Now my baby is dancing,

But she's dancing with another man…

J'aurai dû t'acheter des fleurs, et tenir ta main,

J'aurai dû te consacrer tout mon temps,

Quand j'en ai eu l'occasion,

T'emmener à toutes les soirées,

Car tout ce que tu voulais c'était danser,

Maintenant mon bébé est en train de danser,

Mais elle danse avec un autre homme…

C'est ça, « il aurait dû ». Mais qu'est-ce que

j'attendais, à la fin ? Qu'il se batte pour moi ? Qu'il me dise « je t'aime, reste, on peut essayer » ? Est-ce que c'est vraiment ce que je voulais, en réalité ? Je ne pense pas. En fait, je n'en ai aucune idée. Pour une fois, je vais donner raison aux hommes, mais c'est vrai que c'est compliqué, une femme !

L'après-midi se passe mieux, avec essayage de la robe prévu à 15 heures. Evidemment, la mère de la mariée tient à y assister et Sophia angoisse à l'idée de ne pas pouvoir dire devant elle à la couturière que le ventre la serre trop. Compliqué. Je la rassure comme je peux en lui assurant que je vais trouver une solution mais, à vrai dire, aucune ne me vient en tête.

Un peu avant l'heure fatidique, je passe dans la chambre de Julien pour boucler le dossier avec lui. Sauf qu'il n'est pas là. Super. Je jette un œil par la fenêtre et l'aperçois qui bavarde dans le jardin avec Becky. Je ne sais pas s'ils flirtent ou non, mais en tout cas ils ont l'air sacrément complices. De mieux en mieux. Je réponds donc au mail toute seule et lui laisse un mot pour lui dire que c'est fait et que je pars à l'essayage.

Elinor est déjà là. Zut, elle ne me laisse aucun répit pour réfléchir. Quant à Sophia, elle est plus tendue que jamais.

La bonne nouvelle, c'est que depuis ce matin

Elinor semble réconciliée avec Jocelyne, la mère de Paul. Visiblement, l'orage qu'il y a dans l'air n'a pas affecté tout le monde.

Louise, la couturière, est charmante et nous explique comment Sophia doit passer sa robe le jour J pour ne pas se décoiffer. Elle demande gentiment à la future mariée de lui expliquer ce qu'elle souhaitait faire retoucher quand elle l'a appelée la semaine dernière.

Sophia se décompose et semble perdre soudain l'usage de la parole. Je prends alors le relais pour expliquer tant bien que mal (surtout mal, en fait) que Sophia a peut-être sous-estimé sa taille à certains endroits. Louise sourit poliment mais ne semble pas comprendre, et c'est alors qu'Elinor intervient :

— Voyez-vous, ma chère, il est possible qu'il faille reprendre un peu la robe.

— Ah bon ? Mais j'ai pourtant bien coupé selon les mensurations que nous avions prises et je ne me trompe jamais ! se justifie la couturière, apparemment paniquée à l'idée que l'on puisse sous-entendre qu'elle a mal fait son travail.

— Oui, mais les mensurations évoluent parfois, mon enfant, insiste Elinor.

Sophia passe la robe, qui lui va très bien. En même temps avec tout ce qu'elle vomit, ça ne m'étonne pas.

— Parfait ! dit Sophia, soudain soulagée.

— J'aimerais quand même que vous repreniez certaines choses, insiste Elinor.

Devant les regards interrogateurs de Louise et de Sophia, elle précise :

— Est-il possible de desserrer le corset ? Je ne voudrais pas que ma fille étouffe.

— Le problème, c'est qu'il est fait pour être serré au maximum, objecte Louise, sinon on aperçoit une bande de peau et ce n'est pas très joli.

Visiblement, elle ne connaît pas encore la légendaire obstination d'Elinor.

— Oui, je comprends, mais quand même, passer une journée et une nuit entière ou presque une nuit dans cette robe… On dirait un instrument de torture de la Belle Epoque !

— Tout ira bien, maman, intervient Sophia sans grande conviction.

C'est vrai qu'elle a l'air plutôt engoncée là-dedans. Je ne sais pas si je dois intervenir ou me taire.

— Ecoute, ma chérie, déclare tout à coup Elinor, je comprends que tu ne veuilles rien dire et je respecte ton souhait, mais dans ton état je pense qu'il est idiot et même dangereux de s'obstiner. Je n'aimerais pas que tu fasses un malaise en pleine cérémonie.

— Dans mon état ? répète Sophia, éberluée.

— C'est bien ce que j'ai dit, ma chérie.

— Mais… tu sais ?

— Pour qui me prends-tu ? Je suis tout de même ta mère ! Si moi je ne remarque pas ce genre de chose, alors qui le fera ?

— Et… tu n'es pas fâchée ?

— Que tu sois enceinte ? Mais, ma chérie, au contraire, c'est la plus belle chose qui pouvait m'arriver. Enfin t'arriver, je veux dire !

Sophia fond en larmes dans les bras de sa mère. Je suis ravie pour elles tandis que, son mètre de couturière à la main, la pauvre Louise semble complètement perdue. Sophia explique ses craintes à Elinor, qui la rabroue gentiment. Elles tombent d'accord pour n'officialiser la nouvelle qu'après le mariage. On apprend par la même occasion que Jocelyne, la mère de Paul, est au courant aussi, ce qui explique que les deux femmes — les deux futures grands-mères donc — aient enterré la hache de guerre. Malin celui qui arrive à cacher quelque chose à une femme, et il n'est pas encore né celui qui cachera quelque chose à sa mère !

Je ne bride pas mon émotion devant leur joie et elles m'embrassent toutes deux avec chaleur. Pour la deuxième fois de la journée, ma mère me manque.

La question de la robe est réglée : Louise coudra un morceau de tissu derrière l'accroche pour desserrer les lacets et permettre à Sophia (et au bébé) de respirer.

Je profite du départ de Louise pour sortir moi aussi et, après un instant d'hésitation, j'appuie sur une touche de mon répertoire. Je n'ai pas à attendre longtemps.

— Ma chérie, comment vas-tu ?

— Bien, maman, et toi ?

— Super, je me régale, Roberto est formidable et…

Et voilà, elle est repartie à me parler de son énième mari, je n'écoute déjà plus. Pourquoi j'ai appelé déjà ? Je ne sais pas si c'est mon silence au bout du fil ou le fait que je ne l'appelle pratiquement jamais, mais elle finit par réagir.

— Mais toi, qu'est-ce qu'il y a ? s'enquiert-elle.

— Hein, moi ? Non rien, ça va très bien.

— Menteuse.

— Pourquoi tu dis ça ?

— Parce que je te connais, ma chérie, quoi que tu penses. C'est un homme ?

— Plus ou moins.

— Plus ou moins ? demande-t-elle en éclatant de rire. C'est un travesti ?

— Non, maman. Je voulais dire que je ne savais pas vraiment si c'était ça le problème, c'est tout.

— C'est toujours ça le problème !

— Oui, je sais, « on ne doit pas s'attacher » ou « il ne faut pas se plaindre des chaînes que l'on s'est mises à soi-même »…

— J'ai dit ça, moi ?

— Une centaine de fois au moins, répliqué-je dans un souffle, plus pour moi que pour elle.

— Oui mais ça, c'était avant…

Allez, c'est reparti, elle en a trouvé un nouveau et elle va me raconter…

— … avant que tu ne sois prête, ma chérie, poursuit-elle.

— Quoi ? Prête à quoi ?

— A ça, à ce jour, à ce coup de fil.

— Mais comment tu sais que je suis « prête », comme tu dis ?

— Parce que c'est toi qui appelles.

C'est vrai. En fait, je crois bien que c'est la première fois que je le fais.

— Je sais que je ne suis pas une mère modèle, mais s'il te plaît, crois-moi. Ne reproduis pas mes erreurs.

— En partant en Italie ?

— Non, en laissant tout tomber par amour.

— Par amour pour qui ? Un bel Italien ? Ton deuxième mari ?

— Non. Par amour pour ton père et pour vous. Un amour si étouffant qu'il en devenait effrayant.

— Quoi ? On t'étouffait ?

— Non, ma chérie, bien sûr que non. Mais je n'ai jamais fait les bons choix. Avec ton père, c'était un amour-passion, exclusif, on se déchirait, et je me suis perdue entre lui et mon rôle de maman. Peut-être qu'un jour on pourra en parler posément toutes les deux. Là, ce n'est pas le bon moment, mais je ne perds pas espoir que tu viennes me voir, et ton frère aussi, même si je sais qu'à vos yeux je vous ai abandonnés…

— On n'avait que 14 ans, maman, on était des enfants…, dis-je en étouffant un sanglot qui monte.

Mais qu'est-ce qui m'arrive ? Est-ce vraiment le moment de m'épancher ? Je crois qu'en réalité je n'ai pas le choix, je ne peux rien retenir. Pour la première fois de ma vie, j'ai besoin de me confier à ma mère, d'entendre sa voix.

— Oui, je sais. Peut-être que vous ne me pardonnerez jamais vraiment. Peut-être que je ne mérite pas que vous me pardonniez. Mais je n'avais pas le choix, c'était ça ou je me perdais, moi. J'étouffais et je vous étouffais. Quant à toi, tu étais en pleine crise d'adolescence et seul ton père comptait à tes yeux.

— Et Jean ?

— Jean, il était toujours d'accord avec vous deux. Je ne pouvais rien faire, rien dire. Je ne trouvais plus ma place… Mais ça fait beaucoup de choses à raconter par téléphone.

— Je crois que je vais le prendre, ce billet pour Como, en fin de compte.

— Rien ne me ferait plus plaisir au monde,

mon cœur. Et cet homme alors ? demande-t-elle après un silence.

— Oh rien.

— Ça n'est jamais rien. Tu l'aimes ?

Alors que j'ouvre la bouche pour répondre, je m'aperçois que je ne sais pas.

— Quelle importance ? finis-je par dire. Lui ne m'aime pas.

— Tu en es sûre ?

— Oui.

— Tu lui as posé la question ?

— Non, mais, maman, c'est plus compliqué que ça.

— Ma chérie, tu apprendras que rien n'est compliqué quand on s'en donne les moyens.

— Mais c'est bien ma mère au téléphone ? Allô, allô ? Qui l'a changée ? C'est l'inverse de ce que tu m'as toujours dit.

— Non, ma chérie, c'est toi qui interprètes mes propos. « Ne donne jamais rien gratuitement à un homme… »

— Oui, je sais : «… ou il trouvera que c'est trop cher. »

— Ça ne veut pas dire ne rien donner ! Si on ne donne rien, on n'a rien en retour. Sache juste lui montrer ta valeur, et quand il voudra t'obtenir, il aura beau trouver cela cher, il sera prêt à mettre le prix. Et quand il t'aura, il comprendra que ça valait vraiment la peine…

— Bof…

— Fais-moi confiance, Lydia, pour une fois. Ne baisse jamais les bras, va jusqu'au bout, ne regrette rien. Moi j'en ai, des regrets, et ils sont parfois si lourds que j'ai du mal à les porter.

— Toi ?

— Oui, moi. Alors maintenant, un dernier conseil, que je tiens de ta grand-mère. Quand tout va mal, mets ton plus beau rouge à lèvres, ta plus belle tenue et affronte ta journée en allant de l'avant et tu verras que tout te réussira.

Je rigole et lui dis :

— Merci, maman.

— De rien, ma chérie, j'espère qu'il en vaut la peine. Je t'aime…

— Moi aussi, maman, dis-je doucement, presque en hésitant.

Puis je raccroche.

Angie passe par là pile à ce moment.

— Ça va ? me demande-t-elle.

— Oui, je te remercie.

— Tu n'as pas l'air dans ton assiette. Tu veux que je te maquille ? Si tu ne veux pas me dire ce qui ne va pas à l'intérieur, laisse-moi au moins t'aider pour l'extérieur !

Je souris et la suis dans sa chambre. Il s'en est passé des choses, cette semaine. La couleur de certaines est en train de changer. Peut-être pour le meilleur, je ne sais pas, je l'espère. Mais là, tout de suite, je ne sais pas si j'ai le courage d'affronter tout cela. Pour l'heure, je découvre une Angélique plus profonde que je le pensais et qui me permet de remettre à plus tard le face-à-face avec mes secrets de famille. Et avec moi-même.

9. Quand les choses ne tournent pas comme on le souhaite…

Alors que la nuit tombe, je me rends compte que j'ai passé une excellente fin d'après-midi en compagnie de Carole et mon frère. Si celui-ci s'est aperçu de quelque chose, il n'en a rien laissé paraître. Ce qui m'arrange. Je comprends mieux ce que Julien voulait dire à son sujet : mon frère a cette sagesse de ne pas poser de questions quand il voit que les gens n'en ont pas envie et j'avoue que c'est reposant. Deux discussions familiales dans la même journée, je n'aurais pas supporté.

Je n'ai pas vu Julien, ni Becky, d'ailleurs…

Sophia passe beaucoup de temps avec sa mère, ce qui est tout à fait naturel. Elle prend le temps de venir me voir en fin de journée pour me dire que ma cohabitation forcée avec Julien n'a plus lieu d'être car toutes les personnes concernées sont au courant de la supercherie et que, si je veux, elle me donne la chambre de Becky.

— Tu avais gardé une chambre pour Becky ?

— Euh, oui… non… c'est compliqué ! dit Sophia piteusement.

— Ah non, tu vas pas recommencer, explique !

— Eh bien en fait, c'est la seule chose dont Paul s'est occupé. Comme quoi, j'aurais mieux fait de tout gérer… Enfin bref, Becky devait arriver plus tard et je comptais la faire dormir avec mon frère, qui arrive samedi, mais Paul a trouvé que c'était déplacé car ils ne se connaissent pas…

— Un peu oui, mais bon, on s'en fout. Et donc où est cette chambre ?

— … Donc il reste la chambre de François, qui est maintenant celle de Becky, enfin la tienne parce que finalement il semble qu'elle dorme avec… Hé, vous ! s'interrompt soudain Sophia. Revenez avec ce tulle, il ne va pas là… Mais c'est pas vrai, quelle bande de crétins !

Puis, sans autre explication, elle part en courant s'en prendre aux deux pauvres malheureux livreurs qui risquent de découvrir à leurs dépens les effets du cocktail hormones de grossesse plus adrénaline qui coule dans les veines de Sophia. Elle revient quelques instants plus tard.

— Donc oui, si tout va bien, celle de Becky est libre ce soir, dit-elle avec un air de connivence.

Elle me plante là, et je reste seule à penser à

la chambre vacante. Sympa la meilleure amie… Ainsi Becky dort avec… le salaud, il a pas perdu de temps ! Cela dit, je ne peux m'en prendre qu'à moi, il m'avait prévenue.

J'envoie un texto à Maïa.

Folle de rage, il couche ce soir avec l'autre témoin.

Quoi ? L'enflure ! Il te trompe ? Je t'avais dit que c'était un connard !

Rectif : on s'est pris la tête ce matin j'ai démissionné et je l'ai quitté. J'ai relu textos, je vois pas à quel moment tu l'as traité de connard.

Qu'est-ce que t'as fait encore ? Je te laisse 4 jours et c'est le bordel.

J'ai rien fait ! Relis : il est avec une autre.

Ms TU l'as quitté ce matin.

Merde.

Va le voir.

Pour quoi faire ?

Au mieux pour discuter, au pire pour lui casser son coup. Au moins ce sera drôle.

Pas con.

Je sais.

Pas le courage.

Tu l'aimes ?

J'hésite à peine avant de répondre :

Même pas.

Pas nécessaire.

Ça veut dire quoi ?

Ça.

J'ai eu ma mère au tel.

Super journée !

C moi qui l'ai appelée.

??? Peux pas t'appeler : en réunion chez l'éditeur ms tu m'inquiètes.

Non ça va, j'en avais besoin.

Alors tu vas vraiment mal.

Oui.

Va le voir.

Le rapport ?

Tu le sais.

Remerde.

Courage.

Ben du courage, j'en ai pas, justement ! Je range mon portable et j'ai l'impression d'être plus perdue dans ma tête que je ne l'ai jamais été.

Je décide de ne rien faire à part l'autruche. J'aime bien ces braves bêtes, je vais creuser un trou, y mettre ma tête et attendre que ça se passe. Que tout passe, ce mariage, ma vie…

— Lydia ?

C'est Damien, qui me cherche. Oh merde, vite, un endroit où la terre est meuble pour creuser ce putain de trou ! Trop tard, il s'approche de moi en remuant les lèvres.

— Je voulais te dire… J'ai appris, pour Julien. Paul m'a tout expliqué et je comprends que tu ne pouvais pas faire autrement. Tu étais obligée de t'en tenir à ton mensonge.

— Ah oui, désolée, Damien.

— Mais alors, ça veut dire que tu es célibataire ?

— Oui, mais, Damien…

— Non, ne dis rien. Je ne vais pas t'embêter, ne t'inquiète pas. J'ai compris quelque chose.

— Ah bon ?

— Tu es une fille bien, Lydia. Mais pas une fille pour moi. J'ai bien vu, au restaurant, l'autre soir, la manière dont les hommes te regardaient. Tout le monde se retourne sur ton passage.

— Et alors ?

— Alors, tu as vu mes muscles ? C'est pas un gars comme moi qu'il te faut. Il t'en faut un qui impressionne, qui fasse peur. Un qui fasse comprendre en un regard que tu es chasse gardée. Moi, je n'ai pas le charisme. Mais c'est pas grave, je te souhaite juste de trouver un jour quelqu'un qui saura le faire…

— Tu es un amour, dis-je en accompagnant mes paroles d'un baiser sur la joue.

Je le regarde partir en me disant que c'est la plus belle chose qu'on ne m'ait jamais dite. Sans être une déclaration d'amour, c'est très joli et ça me touche. Je dois devenir trop fleur bleue, moi.

Il faut que je repasse à la chambre de Julien récupérer mes affaires. Tout le monde profite de cette belle soirée d'été dans le jardin et la maison est assez vide. Tant mieux, je n'ai envie de croiser personne. Je me perds une fois encore dans ce dédale de couloirs avant de trouver la bonne porte. Au moment de tourner la poignée, j'entends des bruits bizarres. Je colle mon oreille contre la porte et… aucun doute, ce sont bien des gémissements.

Oh l'ordure ! Une vague de colère monte en moi. A ce moment précis, je suis bien décidée à tuer cette grande perche anglaise et ce connard patenté. Je n'avais pas l'intention de faire quoi que ce soit, mais là, avec mes affaires encore dans la chambre, c'est trop. Mon sang ne fait qu'un tour et j'ouvre la porte avec fracas. La pièce est plongée dans le noir. Dans ma fureur, je ne prends pas la peine d'actionner l'interrupteur et m'écrie :

— Alors, content de toi, patron ? Tout ce qui intéresse monsieur, c'est sa boîte chérie et un peu de cul sans conséquence, mais les sentiments, rien à foutre ! OK, j'ai été conne, c'est moi qui ai proposé mais je pensais qu'au moins, après toutes ces années, tu aurais un peu de respect pour moi ! Et avec cette affreuse Anglaise, en plus. Tu voulais me prouver quoi ? Que personne ne te résiste ? Que tu es irremplaçable ? Ou alors c'est juste dans ta nature de faire du mal ? Eh bien c'est réussi. Voilà, tu peux ajouter ça à ta liste de sales victoires : j'ai été stupide, tu as gagné !

Je claque la porte et me retourne côté couloir, les larmes aux yeux, pour me retrouver face à… Julien.

Ce que je ressens ? Oh ! rien, juste une honte indescriptible. Vite, mon trou d'autruche ! La tête dans le sable, je parviens encore à me demander comment c'est possible. Julien ? Je le regarde, puis je regarde la porte de la chambre derrière moi, puis lui de nouveau… Mais qu'est-ce qu'il fait là ? Et du coup, à qui j'ai parlé ? Enfin sur qui j'ai gueulé, plutôt ? Qu'a-t-il entendu de ce que je viens de hurler ? Et il y a la clim, dans cette chambre ? C'est une question moins cruciale, certes, mais je sens comme un courant d'air glacé dans ma nuque. Julien me regarde, tranquillement accoudé au mur, un sourire aux lèvres.

— A moins que tu aies couché avec quelqu'un d'autre pendant ce séjour, c'est à moi que tu t'adressais à l'instant, n'est-ce pas ? demande-t-il posément.

— Ça dépend, dis-je, les mâchoires crispées. Qu'est-ce que tu as entendu exactement ?

— Je suis arrivé au moment où tu parlais de ma « boîte chérie », ou quelque chose comme ça.

— Ah, alors je crois que je ne peux pas nier…

— Et tu me reprochais de coucher avec qui ? Becky ?

— Euh, oui. A propos…

J'ouvre délicatement la porte et je dis timidement :

— Excusez-moi. Hum. (J'avale ma salive de travers.) Je crois que je me suis trompée de chambre.

— Je crois, oui, confirme la voix de Maxime, hilare.

— *Just impossible !* lance une voix *so british* et surtout *so* outrée.

Eh ben, déjà que c'était pas ma copine, celle-là, je viens de me faire définitivement rayer de son testament. Je referme la porte prestement.

Bon, ça, c'est fait. Reste le problème Julien qui m'attend dans le couloir.

— Tu savais ?

— Qu'ils étaient ensemble ? Oui, plus ou moins.

— Mais ils viennent de se rencontrer !

— Maxime est le témoin de Paul et il est toujours fourré en Angleterre, et Becky est le témoin de Sophia et habite en Angleterre : *what else ?*

— Ah.

Un silence pesant s'installe et Julien me regarde avec insistance.

— Quoi ?

— Tu cherchais quelle chambre, cette fois ?

— La tienne ! Je venais chercher mes vêtements pour les apporter dans la chambre de Becky. Enfin sa future ex-chambre.

Julien s'incline et me fait signe de passer.

— Si madame veut bien avancer, notre chambre, enfin la mienne, est la suivante.

— Ah.

C'est tout ce qui me vient. Je suis Julien dans sa chambre et je prends mes affaires en essayant de ne pas les froisser.

— On devrait parler, me dit Julien.

— Hum.

— Maintenant.

— Si tu y tiens.

— J'y tiens. Alors pose tes affaires.

— Je t'écoute.

Un silence pesant s'installe.

— Je ne souhaite pas que tu démissionnes, finit-il par dire.

— Nous y revoilà ! Encore et toujours cette foutue boîte !

— Tu ne peux pas me reprocher d'en parler, non ? C'est elle qui me fait vivre depuis toutes ces années, c'est mon moteur et mon carburant à la fois. Et… je ne veux pas te perdre.

— Me perdre ?

— Tu es l'une des meilleures choses qui soient arrivées à cette boîte.

— C'est pas l'impression que j'avais, dis-je en m'asseyant sur le bord du lit.

Je regarde les draps défaits et je pense à ce qu'on y a fait pas plus tard qu'hier soir. *Non, Lydia, ce n'est pas le moment. Concentre-toi sur ce dernier face-à-face.*

Il s'assied sur une chaise à côté du lit.

— Pourquoi ? Parce que je ne suis pas un patron qui remercie tous les matins et qui envoie des fleurs à sa secrétaire ?

L'idée me fait sourire. J'imagine la tête de Nicole recevant des fleurs et je me dis qu'elle serait capable de porter plainte pour harcèlement.

— Tu es devenue mon binôme dans l'entreprise, Lydia, vraiment. Je ne vois pas comment je trouverai le courage de continuer sans toi.

Ah ben celle-là, je ne m'y attendais pas.

— Je ne sais pas, Julien. Ou peut-être dois-je

t'appeler M. Beaume maintenant qu'on parle travail ? dis-je, un brin de provocation dans la voix.

Il m'adresse un sourire sans joie.

— OK, j'y ai peut-être été un peu fort. Mais je ne savais pas comment te gérer.

— Me gérer ?

— Ma boîte, c'est tout ce que j'ai. Je n'ai jamais été grand-chose, lâche-t-il en se prenant la tête dans les mains. Petit, j'étais juste le « fils de ». Quand je suis arrivé à Mauguio, vous étiez déjà une bande d'amis. Je n'ai jamais vraiment réussi à trouver ma place et puis j'étais sans arrêt en voyage. Crois-moi ou non, mais quand mon père a eu son attaque, ça ne m'a pas fait plaisir. Je ne lui en voulais même plus, mais on s'était tellement éloignés l'un de l'autre qu'à part le nom on n'avait plus rien en commun. Alors, quand ma mère m'a demandé de reprendre l'entreprise familiale, j'ai paniqué. Ce n'était pas un cadeau, c'était un piège, une bombe à retardement : je ne pouvais pas refuser et en même temps, si j'acceptais, je n'avais pas le droit à l'erreur.

— Mais pourquoi ?

— Elle est venue me voir aux Etats-Unis. C'était la première fois qu'elle me témoignait un semblant d'intérêt. Je pensais qu'elle allait me parler, qu'on aurait une vraie discussion, mieux vaut tard que jamais ! Evidemment, encore une fois, ça a été une déception. Elle m'a dit textuellement : « Julien, il serait temps que tu saches montrer un peu de gratitude à tes parents qui t'ont tout donné. Alors, quand tu auras enfin fini de végéter dans ce pays, tu rentreras pour travailler convenablement. »

J'en reste bouche bée.

— Alors je suis rentré, conclut-il.

— Mais pourquoi ? A quoi ça servait ? De toute façon, quoi que tu fasses, ça ne changera rien, alors pourquoi tous ces efforts ?

— Et voilà, pour toi, tout est facile : ta mère s'en va, tu acceptes et tu gères ton frère et ton père. Mais tout le monde n'est pas aussi fort que toi. Et puis moi, je n'ai pas de frère ou de sœur, personne, même pas un chien à qui me confier ! Alors c'est peut-être une famille de merde mais c'est la seule que j'ai. On ne peut pas tirer un trait sur son passé et faire comme si sa famille n'existait pas.

— C'est sûr. Je te rassure, je ne suis pas si forte non plus. Je l'ai compris cet après-midi quand j'ai eu ma mère au téléphone…

— Et ?

— Et c'est dur, mais bon, ce n'est pas le sujet.

— Et tu t'es rendu compte que ce n'était peut-être pas aussi simple que tu le croyais. Pas facile de sortir de ses certitudes d'enfant, n'est-ce pas ?

— Mais t'es devin ou psy, toi, maintenant ?

— Ni l'un ni l'autre. Je suis juste observateur.

— Bref, en quoi je suis concernée par cette histoire ?

Je sais, c'est un peu sec, surtout après tout ce qu'il vient de me confier, mais pardonnez-moi, à cet instant précis, je n'ai plus la force d'arrondir les angles.

— Eh bien il y a un lien. Cette boîte, je n'en pouvais plus. Sur la fin, mon père ne devait déjà plus être au sommet de sa forme et les finances allaient franchement mal. Je lui avais fait remonter doucement la pente et j'avais décidé de peut-être arrêter, tout revendre. J'avais repris l'entreprise familiale, je l'avais rendue florissante, mais moi je dépérissais. Voilà ce que j'avais décidé de dire à ma mère…

— Et ?

— Et tu es arrivée dans mon bureau pour un entretien.

— Quoi ?

— C'est fou, je sais. Mais cette joute verbale constante entre nous m'a redonné des forces. Ton caractère de merde, allié au mien, a fait des merveilles. Tu m'as fait retrouver le goût du travail et l'envie de me battre.

— Contre moi ?

— Non, idiote, *avec* toi. Nos incartades ne sont que la partie visible d'une véritable collaboration qui fonctionne.

Je réfléchis quelques instants. Ce qu'il dit n'est pas faux. En un an, on a décroché un nombre impressionnant de contrats, et même si je passais mon temps à pester contre lui, j'ai toujours respecté ses méthodes de travail et sa volonté. Il m'a toujours fait l'impression d'être un rouleau compresseur, une machine bien huilée qui marche à la perfection. Je lève les yeux vers lui.

— Je ne sais pas quoi te dire.

— Le problème, c'est que je n'ai plus envie de tout ça. On a bien vu cette semaine que l'on sait aussi bien s'entendre. Peut-être pas tout le temps, mais dans l'ensemble, non ?

— Oui, c'est sûr.

— Alors voilà ce que je voudrais te proposer…

J'attends, mais il ne semble pas se décider.

— On recommence, dit-il enfin.

— Quoi ?

— Tout, depuis le début. On repart à zéro. Je te donne des parts dans l'entreprise et on développe un autre secteur. Ça fait longtemps que je voulais t'en parler mais je ne trouvais jamais le bon moment.

— Comment ça ?

— Si la fusion avec l'Afrique se passe bien, je devrai y consacrer beaucoup de temps et me concentrer sur l'export. Donc non seulement tu auras nettement moins à me supporter mais je te laisserai gérer la France.

— Mais…

— Je peux t'augmenter, bien sûr, et on redéfinira la question des congés.

— C'est pas ça, Julien, mais après ce qu'il s'est passé…

— Tu ne sais pas si tu arriveras à me détester suffisamment pour qu'on travaille de nouveau bien ensemble, c'est ça ?

— Ah non, ça, j'y arriverai très bien, je pense !

— Je me disais aussi, dit-il en souriant.

Il a vraiment un sourire magnifique… *Lydia, arrête !*

— J'ai juste peur que ce ne soit plus pareil, enfin, tu comprends.

— Je sais, j'y ai réfléchi toute la journée. Et de fait, ça ne sera plus pareil, mais on peut s'adapter. Se tutoyer, pour commencer. Partir sur une relation de travail plus stable et plus franche, et surtout moins compliquée…

— Moins compliquée…, dis-je en regardant mes pieds.

— Si c'est ce que tu souhaites.

— Pour la première fois de ma vie, je ne sais pas ce que je souhaite, et c'est bien là le problème.

— Je sais.

Je ne réponds pas.

— Mais je ne peux rien faire pour t'aider. Si tu veux une relation…

— Non !

J'ai répondu sans réfléchir. C'est la panique au fond de moi. Je ne veux surtout pas qu'il pense que je souhaite avoir une vraie liaison avec lui. Je me suis déjà assez ridiculisée comme ça, il est hors de question de perdre de nouveau la face.

— OK, j'ai bien compris, dit-il.

Il a l'air un brin déçu mais je préfère ne pas m'attarder sur cette impression.

— Je ne te demande pas de répondre tout de suite, Lydia. On en reparle lundi en rentrant ?

J'acquiesce en silence.

— Sans sautes d'humeur ?

— Moi ? Des sautes d'humeur ?

— Demande à la porte d'entrée, je crois qu'elle a récemment croisé de trop près une agrafeuse volante !

Merde, il a vu.

— A la fois, si tu ne t'amusais pas sans arrêt à me faire sortir de mes gonds…

— C'est ça, c'est ma faute !

— Ça va pas être la mienne, en plus ? Attention, monsieur Beaume, critiquer vos recrues les plus prometteuses n'est pas une technique de management efficace. Vous pourriez me fragiliser !

— Toi ? Permets-moi d'en douter. N'importe qui d'autre, oui, mais certainement pas toi. Ta repartie et ton ironie sont le rempart le plus efficace que je connaisse contre les salauds comme moi ! dit-il en souriant.

En lui rendant son sourire, je réalise à quel point ce genre d'échange m'avait manqué.

Je prends mes affaires et sors de la chambre. Dans le couloir, je me sens soudain complètement paumée. D'abord parce que effectivement, pour changer, je suis vraiment perdue : je n'ai pas la moindre idée de l'emplacement de l'ex-chambre de Becky désormais mienne. Et je crois que je suis aussi perdue dans ma tête et peut-être un peu dans mon cœur. Mais ça, je refuse d'y penser.

Je me repasse notre conversation pour tenter d'y déceler quelque chose qui pourrait me faire espérer, en vain. Et en même temps, je me dis que c'est mieux ainsi.

Je croise Damien, à qui je demande à tout hasard s'il sait où se trouve la chambre vacante. Contre toute attente, ça semble être le cas. Il m'y accompagne et me lance un clin d'œil.

— En tout cas, il y en a pour qui c'est pas la peine de faire une visite guidée ! Je suis passé devant la chambre de Maxime, Becky l'a vite trouvée, elle…

Alors donc tout le monde avait compris, sauf moi, c'est ça ? Même Damien ? Faudrait que je me reconnecte avec la vraie vie pour suivre ce qu'il se passe autour de moi.

Une fois dans ma chambre, je déprime un peu toute seule. Il est 22 heures et je songe à me mettre au lit, quand j'entends le bip familier d'un texto. Maïa. Je ne sais pas si elle tombe bien ou si au contraire je préfère ne pas regarder. Evidemment, la curiosité l'emporte.

Alors ? Comment ça va ?

Aussi court soit-il, son message me fait du bien. Parce que en le lisant je mesure à quel point non, justement, ça ne va pas du tout. J'appuie sur son nom dans le répertoire et elle décroche après deux sonneries. Je ne lui laisse pas le temps de parler.

— J'ai retrouvé un boulot !

Je lui raconte tout, depuis ma gaffe avec Maxime et Becky jusqu'à la proposition de Julien.

— Waouh, s'exclame-t-elle, presque admirative, à la fin de mon monologue.

— Comme tu dis, waouh.

— C'est pas un mauvais bougre, en fait.

— Il est juste bizarre et tyrannique, c'est déjà pas mal.

— Mais il reconnaît avoir besoin de toi.

— Pour le travail…

— Pas que.

— Non, je te promets qu'il s'est contenté de parler boulot. Comme les trois quarts du temps, d'ailleurs.

— C'est que tu ne sais pas lire entre les lignes, ma chérie.

— Mais tu n'étais même pas là !

— Et toi, tu y étais mais, comme tu n'écoutes que ce qui t'arrange, ça ne compte pas. Je pense au contraire qu'il s'est confié à toi comme il ne l'a jamais fait avec personne auparavant. C'est toi qui as dit que tu ne voulais pas d'une relation, pas lui, puisque tu ne lui as même pas laissé le temps de finir sa phrase !

— Peut-être, je ne sais plus…

— Tu lui as demandé clairement ?

— Ça va pas non ? !

— C'est bien ce que je disais. Tu as trop d'orgueil !

— Ça, je veux bien l'admettre, mais…

— Mais s'il avait répondu positivement ?

— Il n'avait qu'à le faire !

— Et si tu ne lui en avais pas laissé l'occasion ?

— Mais je te dis…

— Ah, ah, tu aurais aimé, en fait !

— Quoi ?

— Qu'il le fasse !

— Là n'est pas la question puisqu'il ne l'a pas fait !

— C'est vrai que vous êtes compliquées, vous, les femmes.

— Ah parce que tu ne te classes pas dans cette catégorie ?

— Non, là je suis conseillère de ma meilleure amie, donc j'échappe à ce genre de classification.

— Ben voyons.

— La nuit porte conseil.

— Encore ?

— Je crois que cette escapade t'aura fait du bien, en fait.

— J'ai plutôt l'impression qu'elle est en train de me détruire.

— Parfois, il faut détruire les choses pour reconstruire correctement. Et je crois que tu as bâti une grande partie de ta vie et de ta vision du monde sur des mensonges. Tu as besoin d'y voir plus clair.

— Oh ! là, là, gourou Maïa est de retour pour secourir les âmes perdues !

— Moque-toi, ma chérie. L'ironie, c'est ta défense préférée quand tu es à court d'arguments !

— Tiens…

— Quoi ?

— Julien aussi a dit que j'utilisais l'ironie comme rempart contre lui.

— Alléluia, cet homme a tout compris, messieurs les jurés, marions-les ! En plus vous êtes les deux seuls représentants sur terre de cette espèce capables de vous supporter. Ce serait dommage de passer à côté !

— Arrête, c'est pas drôle, je suis fatiguée.

— Je sais, pardon. Va te coucher, ma chérie, et on verra bien…

— Oui. Si demain il fait jour…

10. Le lendemain, le jour se lève…

Vendredi ! J-1. Réveil en grande forme malgré des rêves tortueux où il était principalement question de ma mère, je crois, mais j'ai dormi et c'est l'essentiel. Il est 7 heures, je me douche et je vais prendre mon petit déjeuner. Les parents de Paul arrivent en même temps que moi dans la salle à manger. Nous sommes les premiers. Ils profitent de cette intimité pour s'excuser une nouvelle fois de m'avoir embêtée avec leurs conseils de grossesse et on en plaisante ensemble.

Après le petit déjeuner, je vais faire un tour dans le parc, qui est encore plus beau le matin avec le chant des cigales en bande-son. Le soleil semble déjà levé depuis un petit bout de temps et paraît impatient de rayonner de plus belle pour nous brûler la peau. Mais c'est chaud, ça fait du bien, j'ai besoin de cette lumière. Comme si elle pouvait me réchauffer de l'intérieur. Je m'approche de la piscine et je vois mon frère, Jean, allongé sur un transat, qui semble en pleine méditation. Je m'approche et m'assieds sur le transat d'à côté. On reste silencieux un moment puis il se tourne vers moi.

— C'est beau, non ?

— Oui, très.

Je le regarde à mon tour et ses yeux me semblent embués. Il a pleuré ?

— Frangin, ça va ?

— Tu le sais mieux que moi, sale petite cachottière !

— Jean, tu… Quoi ? Mais de quoi tu parles ? !

— Je vais être papa ! dit-il en me regardant avec un sourire benêt.

Ah, ouf, tout va bien.

Il m'explique que Carole a mal dormi cette nuit au point de l'inquiéter. Après qu'il l'a harcelée de questions, elle a fini par craquer et tout lui dire. Jean et moi on reste comme ça quelques minutes, sereins, à regarder l'eau lisse et sombre de la piscine. Il a l'air tellement heureux.

— Je ne sais pas si je saurai…, dit-il au bout d'un moment.

— Quoi donc ? Changer des couches ?

— Oui, ça, et puis être un bon père…

— Ah ! Non, tu ne sauras pas, ça, c'est sûr !

Mais ni plus ni moins que n'importe qui d'autre, je pense… Tu apprendras.

— Et si c'était dans nos gènes ?

— Quoi ?

Je me redresse et le regarde, assise sur le côté du transat.

— Tu sais bien ce que je veux dire. On ne peut pas dire qu'on ait eu une enfance exemplaire. Et je n'aimerais pas tenir…

— De maman ? Y a plus de risque que ça m'incombe à moi ! dis-je avec un sourire en biais.

— Ou de papa.

— Pourquoi ?

— Eh bien, tu sais, on ne s'est jamais mêlés de ça, et tant mieux, mais je ne suis pas persuadé que c'était le meilleur des maris.

— Oui, je sais. J'ai appelé maman hier.

— Ah ?

Il continue de regarder droit devant lui. C'est peut-être mieux comme ça.

— J'en avais besoin.

— Et ça t'a aidée ?

— Oui et non. Je crois qu'on a beaucoup de choses à voir ensemble et il se peut que j'aille faire un petit tour au lac de Côme prochainement. Ça te dirait ?

— Non, je ne crois pas que ce soit le bon moment. Et puis je crois que tu en as plus besoin que moi.

— Quoi ? Tu insinues que je suis la plus fragile de nous deux, petit frère ?

— Oh non ! Mais t'en as pas marre d'être forte ?

Il se redresse à son tour et me regarde. Je m'allonge et, cette fois, c'est moi qui ne le regarde plus. L'horizon m'attire bien plus, tout à coup. C'est mon trou d'autruche à moi.

— Je ne comprends pas, finis-je par lâcher.

— Alors c'est dommage. Je croyais que tu étais prête.

— A quoi ?

— A vivre.

— Ah, ça… J'y pense, dis-je en rigolant.

— Lydia, je ne déconne pas. Il serait temps que tu brises cette carapace. Je vais être père et j'ai besoin d'une sœur, d'une marraine pour mon enfant, pas d'un ange surprotecteur ni de Wonder Woman.

— Un ange ? Waouh, c'est beau ce que tu dis !

— Tu recommences…

— Si tu me parles de mon ironie, toi aussi, je hurle.

— Pourquoi « aussi » ?

— J'ai pas envie d'en parler.

— Ça évolue comment avec Julien ?

— Même réponse.

— Je te fiche la paix alors, fait Jean, sérieux comme un pape. Mais sache que je veux que tu sois heureuse. Mieux que ça, j'en ai besoin. En fait, je ne serai pas complet tant que je ne sentirai pas que toi aussi tu es bien.

— Mais je suis heureuse, j'ai un boulot qui me plaît, une vie que j'aime…

— Mais tu es seule…

— Et alors ? Mieux vaut être seule que mal accompagnée.

— Peut-être qu'il est temps que tu comprennes que tu ne reproduiras pas forcément le schéma familial, petite sœur. Qu'il est possible de rencontrer quelqu'un que l'on va aimer sans que ça tourne à la catastrophe.

— Ah ça, tu parles à une spécialiste !

— A la fois, avec ton caractère, je me demande si tu ne les provoques pas un peu, au cas où la relation deviendrait ennuyeuse… ou fonctionnerait trop bien.

— Mais je l'aime bien, moi, mon caractère !

— Alors trouve quelqu'un qui le supporte et que ça amuse. Et pas que ça rabaisse, surtout.

— Tu penses à Matthieu ? Parce que c'est exactement ce qu'il m'a dit : qu'il avait l'impression de ne pas être à la hauteur avec moi.

— Ça, c'est clair. Je l'aime bien mais je n'ai jamais compris ce que vous faisiez ensemble.

— Je crois que je commence seulement à comprendre et à faire le deuil de cette relation. Grâce à lui, d'ailleurs. Peut-être que finalement le plus mûr des deux n'était pas celui qu'on croyait.

— Mieux vaut tard que jamais… Mais alors, et ta perle rare, à toi ? Celui qui saura faire rire ma sœur et répondre du tac au tac à ses blagues douteuses ? La soutenir dans ses malheurs tout en supportant son caractère, que j'aime beaucoup au passage. Il est dans les parages ou pas ?

— Non.

— Je croyais.

— Eh bien tu te trompes.

Jean ne dit plus rien. Et sa technique de merde marche : j'ai envie d'en dire plus et en même temps je ne veux pas, mais c'est plus fort que moi.

— Il ne veut pas de moi, c'est inutile d'insister.

— Alors il n'y a rien à faire. Il faut attendre.

— C'est ça, attendons le prochain, dis-je en me levant, sans cacher une certaine amertume.

Il est nul en remontage de moral, mon frère. Je pensais qu'il saurait m'aider mais il n'en est pas plus capable que les autres. Et puis après tout, il a certainement raison, il faut attendre le prochain…

— C'est toi qui parles d'attendre le prochain, petite sœur, moi, je n'ai rien dit de ce genre, lâche-t-il après un long silence. J'ai simplement parlé d'attendre. Cela dit, si l'attente te paraît trop longue, je peux peut-être t'aider ?

— Hors de question.

Je dis cela sur un ton qui indique sans appel que

la conversation est close. Avant de partir, je me retourne et lui demande avec un grand sourire :

— Je serai marraine alors ?

— Parce que tu voyais les choses autrement ?

On se sourit et je m'éloigne vers la maison, curieusement détendue. Cette discussion matinale m'a fait du bien. Pas tant à cause de ce qu'on s'est dit que parce que je crois bien que c'est la première conversation adulte que j'ai avec mon frère. On dirait bien que ce domaine a des vertus étranges sur mon entourage… Ou alors peut-être que c'est moi. Peut-être que j'écoute un peu plus. Ou que je suis prête à entendre.

Je rentre, pour trouver une Sophia en panique. Ça faisait longtemps, tiens. D'après ce que je comprends, il y a un problème avec les fleurs. Elles doivent arriver aujourd'hui, mais avec cette chaleur elles ne tiendront pas jusqu'à demain. Question con de la témoin numéro un : pourquoi ils ne les livrent pas demain ? Comment ça, on n'aura pas le temps de les installer ? Julien, Damien, Angie et Matthieu arrivent dans le couloir à ce moment du drame. S'ensuit une discussion aussi enflammée que confuse où tout le monde donne son point de vue en même temps. Paul arrive à son tour et explique qu'il a eu le fleuriste au téléphone, qui refuse de nous livrer aujourd'hui si on n'a pas de frigos spéciaux. Sa réputation est en jeu. Il propose donc de livrer demain matin en précisant qu'il ne pourra pas caser l'installation des bouquets dans son planning surchargé. Je propose à Sophia de le faire, ce qui me vaut un air mi-dégoûté, mi-apitoyé de ma meilleure amie. Ah oui, c'est vrai, non seulement je n'ai pas vraiment la réputation d'avoir la main verte mais en plus il me suffit de regarder une plante pour la faire crever.

— Moi je peux vous aider, propose Julien. Il suffit que le fleuriste me donne ses instructions et j'installerai tout.

— Nous installerons tout, intervient Angie.

Tout le monde se retourne et la regarde, surpris.

— Ben quoi ? On n'est pas là juste pour prendre une semaine de vacances, non ? On peut aider. Ça m'embêterait de me casser un ongle mais on va pas les rempoter non plus ! Il y a qui ? Damien, Matthieu, Julien, Lydia, Becky, Maxime et moi.

— Non, dit Sophia, les quatre témoins, on en aura besoin demain.

— On peut s'inscrire ? demande Carole qui arrive au bras de mon frère.

— Il y en a tant que ça, des fleurs ? demande Damien.

— Quarante-cinq pots à disposer le long de l'allée jusqu'à la chapelle, une bonne centaine de roses coupées à l'intérieur puis à peu près autant dans la salle, sans parler des centres de table à confectionner…

— Ah oui quand même ! siffle Damien, admiratif et inquiet à la fois.

— Ce n'est pas un souci, dit Julien, j'ai déjà fait plus. Paul, demande-leur de livrer à la première heure et laisse-moi gérer la décoration.

— Mais tu as appris ça où ? demande Paul.

— Ça, c'est une longue histoire, dit Julien en m'adressant un clin d'œil qui n'échappe pas à Angie.

— Qu'apparemment on ne partage pas tous, commente-t-elle.

— Contentez-vous de me faire confiance. Bon allez, hop, hop, hop, dispersion des troupes, on a du boulot aujourd'hui !

Visiblement, il sait aussi se faire obéir en dehors du boulot et je me retrouve très vite seule avec Sophia.

— Ça va ? me demande-t-elle.

— Oui, enfin c'est plutôt à toi qu'il faut demander ça. Comment vont tes nausées ?

— Envolées ! Elles ont dû comprendre que je n'avais pas le temps de m'en occuper en plus du reste. Allez viens, on va se poser un peu toutes les deux.

On sort dans le petit patio et on s'installe sur le banc des confidences, qui m'est devenu familier. Elle me regarde, l'air légèrement inquiet.

— Alors ? Qu'est-ce qu'il se passe en ce moment dans ta vie ?

— Pourquoi tu me demandes ça ?

— Je suis désolée, Lydia, je n'ai pas eu beaucoup de temps à t'accorder cette semaine.

— Arrête, tout va bien, c'est ton mariage et tu as déjà assez à penser comme ça.

— Oui mais maintenant, j'en ai, du temps. Alors j'aimerais en prendre un peu pour qu'on parle comme avant, toi et moi.

— De quoi ?

— De secrets de filles.

— Ah, ça…

— Oui, pas de triche, pas de faux-semblants, juste la vérité, bouche cousue, ça ne sortira pas de ma tête, dit-elle, récitant la petite litanie rituelle de notre adolescence.

— Ben…

— Et pas de « c'est compliqué » non plus !

— Et pourtant ça n'a jamais été aussi vrai !

— Vous avez couché ensemble, c'est ça ?

— Ça se voit tant que ça ?

— Oh oui. La façon dont il te regarde ne trompe pas et le regard que tu lui rends non plus. Vous êtes amoureux, ça crève les yeux !

— Arrête tes conneries…

— Et je crois même que ça remonte à beaucoup plus longtemps que tu voudras bien l'admettre.

— Attends, ôte-moi d'un doute : tu ne parles pas de Damien au moins ?

Elle rigole.

— Non, cruche !

— D'accord mais… tu sais bien que je le détestais et qu'il passait son temps à me snober.

— Allez, cite-moi un garçon de 15 ans capable d'avouer qu'il est amoureux ! Je pense précisément que sa maladresse à ton égard voulait dire beaucoup.

— Mais moi…

— Maintenant, cite-moi une ado du même âge qui n'est pas amoureuse du *bad boy* qui agace tout le monde.

Je souris à mon tour et n'hésite pas une seule seconde :

— Toi !

— Eh bien non, figure-toi. J'aurais tout donné pour que Julien s'intéresse à moi ! Quitte même à mettre en péril notre amitié si tu m'en avais voulu.

— Arrête tes conneries !

— Juré, dit-elle en levant la main droite. Bon, maintenant, on reprend tout depuis le début, et sans rien oublier, s'il te plaît. A la veille de mon mariage, j'ai besoin d'une bonne vieille histoire pour me changer les idées et éviter de virer complètement hystérique.

— Ah ça, c'est un peu tard, ma belle !

On s'installe confortablement et je commence

mon histoire en remontant à mardi dernier, 7 h 30 : « Ça y est, c'est l'heure de partir, la fin du cauchemar. Ce soir, je me mets au lit et demain, tout ira mieux : une bonne nuit de sommeil et j'aurai oublié cette horreur. »

Sophia m'écoute sans m'interrompre, et j'essaie de n'oublier aucun détail. Je m'abstiens juste de lui raconter ce que Julien m'a confié de sa vie : Maïa est au courant mais Sophia est trop proche de lui et j'aurais l'impression de trahir un secret. J'essaie aussi de rester objective pour ne pas influencer la juge, mais c'est un exercice de haute voltige, mesdames et messieurs les jurés.

A la fin de mon récit, Sophia se redresse et me dit :

— Ma chérie, je suis désolée. Désolée d'avoir laissé tout ça se passer sans te soutenir. Je voyais bien qu'il se passait des choses, mais bon, j'étais trop prise par mes propres préoccupations pour mesurer ce que tu vivais toi, ma meilleure amie. Donc… Tu veux que je demande à Paul de lui casser la gueule ?

Je rigole.

— Pour quoi faire ?

— Comme ça, juste pour le plaisir de te faire plaisir. Pour qu'il arrête de ne parler que de sa foutue boîte !

— Non, ça va, merci. Je veux surtout passer à autre chose.

— Et si, pour une fois, c'était pas une bonne idée de passer à autre chose ?

— C'est-à-dire ?

— Que tu en as peut-être marre de zapper une relation dès que ça devient trop compliqué ?

— Tu insinues que je me défile ?

— Je n'insinue pas, je te le dis !

— Mais qu'est-ce que tu voulais que je fasse ?

— Ah oui, toi et ta fierté légendaire ! Et si tu essayais de jouer cartes sur table ? De lui avouer tes sentiments ?

— Mes sentiments ? Si seulement je savais à quoi m'en tenir sur eux ! Et puis pourquoi tout le monde s'escrime à vouloir savoir mieux que moi ?

— OK, OK, je n'insiste pas ! Sache juste que je suis là et que je ferai tout pour toi, comme tu as toujours été là pour moi. Et pour tout le monde, d'ailleurs.

— Je sais que tu es là, Sophia, et ça me suffit. Allez, maintenant passons aux choses sérieuses, mademoiselle Schwartz, on a un mariage à réussir pour que demain soir tu te couches Mme Dumont !

Elle hoche vigoureusement la tête comme une gamine et on se tombe dans les bras avant de reprendre le chemin du mas.

J'occupe ma matinée à suivre les instructions (parfois contradictoires mais j'arrive tant bien que mal à contenter tout le monde) de Mmes Schwartz et Dumont senior qui, réunies, sont deux harpies déchaînées. Dehors, les hommes s'occupent du montage des chapiteaux pour le repas et de l'installation du parquet. Ça va être magnifique.

Après le déjeuner, je sors me dégourdir les jambes quand j'entends une voix familière. Au détour d'un sentier, j'aperçois Julien, en pleine conversation téléphonique, ce qui devrait suffire à me faire rebrousser chemin. Sauf que…

« Lydia ! »

Je sursaute et me fige sur place en entendant mon prénom, avant de réaliser bien vite que ce n'est pas à moi qu'il s'adresse. Impossible de m'empêcher de tendre l'oreille.

«… Non, ça ne changera rien… Non, je ne l'aime pas… J'ai juste couché avec elle, ça va. Je suis un grand garçon, je peux gérer, non ?… Non, rien d'exceptionnel. Elle bosse bien alors je la garde, un point c'est tout, de toute façon je n'aurai jamais le temps de retrouver quelqu'un dans les temps… Oui, c'est ça… je sais ce que je fais… Non, elle ne fera jamais ça… ce n'est pas son genre… Mais je te dis… Ecoute-moi… Oui, si ça déconne je ferai le nécessaire, bien sûr… Tu ne me feras jamais confiance, c'est ça ?… Ecoute, maman… »

Visiblement agacé par la tournure que prend la conversation, il se retourne et me voit. Je suis décontenancée. Non, en fait j'ai l'impression qu'on vient de me planter un couteau dans le cœur. J'ai mal, mon Dieu, je ne savais pas qu'on pouvait avoir aussi mal. Mais qu'est-ce qu'il m'arrive ? Je n'ai jamais ressenti ça. C'est à ça que ça ressemble, le goût de la trahison ? J'ai envie de vomir.

Julien m'appelle mais je ne l'entends pas, je suis déjà partie cacher mes larmes qui affluent. Je n'essaie même pas d'aller chercher ma chambre et je pars me réfugier dans un petit champ, derrière le domaine.

Voilà, bravo à tous et merci : avec vos idées à la con, vous avez presque failli me faire croire que c'était possible. Que je pouvais aimer et, pis encore, que je pouvais être aimée. Quelle blague ! Quelle conne, surtout ! On ne m'y reprendra plus. Je promets que je serai une bonne tata, la meilleure même, mais j'ai maintenant la certitude que je ne serai jamais une mère. Pas plus que je ne serai un jour la femme de quelqu'un si ouvrir mon cœur signifie souffrir à ce point. Et moi qui étais prête à essayer… Je pleure à torrents, mais ce sont des larmes de rage qui coulent sur mon visage, rage envers moi-même d'avoir osé y croire. Je serre les poings, serre les dents et jure que l'on ne m'y reprendra plus.

C'est moi qui décide désormais. Je décide où, je décide quand et je décide comment. Plus jamais aucun homme ne dictera ma vie et ma conduite.

Je rentre au domaine, forte de ces résolutions et le cœur plus endurci encore que du diamant.

Des pas précipités se font entendre derrière moi, puis la voix de Julien, implorante.

— S'il te plaît, il faut qu'on parle.

— Je ne crois pas, non.

— Si, justement. Je te dois une explication. C'était ma mère et…

— Encore mieux, je croyais que vous ne vous parliez pas.

— Suis-moi.

Sans attendre ma réponse, il me prend par la main et m'entraîne de force dans sa chambre. Non, pitié, pas là, je n'aurai pas la force. Il claque la porte et se tourne vers moi.

— J'ai déconné. Depuis que j'ai raccroché, je n'arrête pas de me repasser en boucle ce que tu as pu entendre. C'est sorti du contexte…

— Qu'est-ce qui est sorti du contexte ? Que je ne compte pas ? Que tu fais des efforts juste pour me garder car je suis un « bon élément », c'est ça ? C'est quoi « faire le nécessaire » ? Me virer quand tu n'auras plus besoin de mes services ? Et tu parles de quel service au fait ? Des pipes ou du travail ?

Pas besoin de vous préciser que je suis folle de rage.

— J'ai commis l'erreur de croire que je pourrais lui parler, dit-il, comme pour lui-même. J'avais besoin de me confier et, comme elle m'appelait, j'ai pensé que, pour une fois, je pourrais parler avec ma mère. Mais elle n'a rien compris, comme d'habitude. Dès que j'ai commencé, la conversation a mal tourné. Elle m'a dit que j'étais complètement fou de tomber amoureux d'une collègue, qu'on ne couchait pas avec le personnel, que tu pourrais porter plainte pour harcèlement… alors j'ai paniqué. J'ai voulu tout minimiser et je lui ai dit ce que tu as entendu, que tu ne ferais jamais une chose pareille. Elle m'a suggéré d'acheter ton silence et de te virer mais j'ai répondu que j'avais besoin de toi. Je suis désolé, Lydia, je… je…

Il s'arrête et semble avoir perdu tous ses moyens. J'en profite pour reprendre l'avantage.

— Quel homme ! Quel charisme ! Je savais que c'était pas toujours facile avec une belle-famille, mais là, je me suis mis ta mère à dos sans même avoir été ta petite copine. Bel exploit ! Et tout ça, sans aucun soutien de ta part, bien sûr. Oh ! j'oubliais, je ne suis qu'une « employée ».

— Non, arrête, dit-il en me fixant de ses magnifiques yeux verts. Tu es plus, bien plus. J'allais le lui dire avant de voir que tu étais là. J'allais tout envoyer balader.

— Bien sûr, tu allais…

— Je l'ai fait, me coupe-t-il. Quand tu es partie. J'ai voulu te retenir mais, comme je ne te trouvais pas et que je l'entendais crier au bout du fil, j'ai repris le combiné. Je lui ai tout dit.

Je ne réponds rien. De toute façon, j'ai l'impression d'avoir pris un coup sur la tête et je suis incapable de formuler une pensée cohérente.

— Je lui ai dit qu'elle n'avait jamais été une mère et qu'elle ne comprendrait jamais rien. Que tu étais une fille bien et que je lui interdisais de parler de toi comme ça. Et que ce qui se passe dans *mon* entreprise ne regarde que *moi*… Parce que ça y est, la succession est officielle depuis ce début de semaine, l'entreprise est à moi.

— Tu m'excuseras si je ne te félicite pas.

Il acquiesce en baissant les yeux.

— Je lui ai dit que tu étais la meilleure chose qui me soit arrivée dans la vie. Pour l'entreprise… mais aussi pour moi. Surtout pour moi, en fait.

Il me regarde de nouveau et je trouve le courage de ne pas détourner les yeux.

— Je ne te crois plus, dis-je simplement.

— Je comprends. Je ne sais pas quoi faire pour te prouver que je suis sincère. Tu dois me faire confiance.

— C'est bien ça le problème.

— Parce que tu n'éprouves rien pour moi, peut-être ? Arrête de te mentir à toi-même, Lydia.

— Est-ce qu'à un moment vous allez tous cesser de vouloir penser pour moi ? dis-je en tremblant de colère.

— Lydia ! S'il te plaît, regarde-moi !

Je détourne la tête. Il prend doucement mon visage entre ses mains et m'embrasse avec ferveur, passion et désespoir à la fois. Oui, oui, je vous jure, je réussis à sentir tout ça. Mais j'ai encore trop mal. Je ne peux pas, je ne suis pas prête. Et en même temps je meurs d'envie de lui succomber, c'est délicieux, j'aime tellement être dans ses bras. J'ai l'impression que ma place a toujours été là. Mon petit ange et mon petit démon, posés chacun sur une épaule, délibèrent quelques instants puis me livrent leur verdict : pour mon bien, il ne faut pas. Je repousse donc Julien de mes mains, doucement mais fermement.

— Non, dis-je sans colère.

— C'est définitif ?

— Oui.

Je me lève et je sors.

Ça en fait des sorties théâtrales de cette chambre en quelques jours seulement. J'ai la sensation d'être détachée de mon corps, comme un acteur qui sort de scène après sa dernière tirade et que le public applaudit à tout rompre avant que le rideau tombe.

11. Le dernier acte

C'est vendredi soir. J'ai cette chanson de Nuttea dans la tête :

> *Nos destins étaient liés comme dans une tragédie avec une fin à la Shakespeare, le dernier acte a sonné, simplement j'aimerais te dire… Il y a trop peu de temps à vivre ici…*

J'aime beaucoup. Ça tombe bien, j'ai l'impression que ça a été écrit pour raconter ce que je vis en ce moment. Ça ne vous arrive jamais, cette sensation qu'une chanson colle précisément à un moment de votre existence ? Moi ça m'arrive tout le temps. Allez, dites-moi que je suis normale, ça me changera.

> *L'océan qui nous sépare a vu trop de naufrages, trop de tempêtes et de déboires, ainsi finit notre histoire car notre amour en fait brûlait ses dernières heures de gloire…*

Mouais. La partie « notre amour » n'a pas duré bien longtemps, mais bon. D'ailleurs, c'est ça, l'amour au moins ? C'est grave, je ne sais même pas répondre à cette question. Je n'ai jamais ressenti ça avant.

Il y a trop peu de temps à vivre ici, pour
jouer cette tragédie. Si tu dois partir, je
n'aurai pas de peine, s'il n'y a plus d'espoir
aujourd'hui, pourquoi jouer cette comédie,
si tu dois partir, alors fais-le sans haine.

Maïa essaie de m'appeler mais je ne réponds pas. Je n'ai pas envie de parler. Elle envoie un texto.

Ça va ?

Non ms laisse-moi, j'ai mal, pas envie de parler. C un connard.

Raconte.

Non, c votre faute à ts à force de me faire croire que je suis comme tout le monde. J'ai mal. On en parlera demain.

J'éteins mon iPhone. Je l'éteins pour de vrai, ce qui ne m'arrive jamais.

Je vais dans le salon aider pour les derniers préparatifs, histoire de faire passer la journée et d'arriver plus vite à l'heure de me mettre au lit.

Je croise Sophia, qui me demande si on peut

dormir ensemble. Elle préférait ne pas être avec Paul cette nuit, pour respecter les traditions et ne pas alimenter inutilement leur stress. Je trouve que c'est une bonne idée. Et puis je ne suis plus à une cohabitation près dans ce château ! Sans compter que, pour une fois, ça me permettra peut-être de trouver ma chambre du premier coup.

Comme tout le monde semble surexcité, Damien, qui trimballe toujours avec lui une vraie pharmacie, propose des somnifères à base de plantes pour ceux qui craignent de ne pas trouver le sommeil. J'accepte volontiers, espérant un sommeil sans rêve, et on part se coucher, Sophia, ses tonnes de crèmes hydratantes et moi.

On papote comme deux adolescentes, ça fait un bien fou. Sophia hallucine quand je lui confie que je n'utilise presque jamais de crème et elle met un point d'honneur à me les faire toutes essayer.

— J'ai raison ? me demande-t-elle en m'étalant un masque d'une drôle de couleur verdâtre sur le visage.

— De quoi ? De l'épouser ? C'est un peu tard pour te poser la question, non ? Je te rappelle que tu portes son enfant, ma belle.

— Oui, admet-elle en riant, c'est vrai ! Mais justement, on n'est pas un peu jeunes ? On ne devrait pas en profiter ?

— Arrête tout de suite ! Tu me fais le fameux syndrome prémariage cumulé au syndrome postgrossesse, avec un peu d'avance. Bien sûr que ça fait beaucoup de bouleversements en même temps, mais je n'ai jamais vu un couple aussi assorti que Paul et toi. Vous me démontrez l'existence de tout ce en quoi je m'escrime à ne pas croire : un amour sain et inconditionnel. Alors oui, vous vous ruinez dans un mariage coûteux, vous allez avoir des insomnies aux premiers pleurs du bébé, tu vas hurler pour tes vergetures…

— Stop, arrête ! C'est bon, dit-elle en levant les mains en signe de reddition.

— … mais tu seras encore plus heureuse que tu ne l'es aujourd'hui. Tous les deux, vous construisez quelque chose de merveilleux. Et je suis très contente pour toi, dis-je en la prenant dans mes bras.

Séquence câlins. Puis, je ne sais pas pourquoi, je lui demande de but en blanc :

— Tu crois que j'y arriverai ?

— A quoi ?

— A en trouver un, moi aussi ? Ou que j'en prendrai plusieurs, comme ma mère ?

— Tu n'es pas ta mère.

— Non, je suis peut-être pire.

— Je t'interdis de dire ça ! Un jour, toi aussi, ton prince viendra.

— Mais si je me goure encore de chambre ? dis-je en riant.

— Eh bien, c'est qu'il sera dans la chambre

où ton mythique sens de l'orientation t'a guidée, ma chérie !

— Le destin n'a pas de boussole… Si seulement il me faisait des signes !

— Je pense qu'il t'en fait. Et plein même. Mais que tu ne veux pas les voir.

Je me lève, feignant l'indignation. Avec mon visage vert et mes poings sur les hanches, le miroir me renvoie l'image d'une extraterrestre au bord de la crise de nerfs. Ça dédramatise un peu la situation et je me rassieds en souriant.

— Alors ça, c'est trop facile !

— OK, je l'admets. Mais tu sais, les signes, ce n'est malheureusement pas aussi simple que dans les comédies romantiques. Ils ne tombent pas toujours du ciel sur fond de musique cucul annonciatrice de happy end.

— Et donc ils ressemblent à quoi, alors ?

— Plein de petits moments dont tu ne vois pas le sens sur le moment mais qui, mis bout à bout, prennent toute leur signification.

— Toi et Paul, ça s'est passé comme ça ?

— Oui, en quelque sorte. Il était là, je l'aimais bien mais je n'avais pas à me poser trop de questions sur mes sentiments. Je ne pensais pas qu'il comptait tant que ça. C'était facile, on était à l'école ensemble, à la fac ensemble… jusqu'au jour où…

Je lui lance un regard interrogateur pour l'encourager à poursuivre.

— … où il n'a plus été là.

— Comment ça ?

— Il était avec une autre.

— Mais c'est arrivé plein de fois, ça.

— Oui, mais là, c'était différent. Elle était différente et elle semblait vraiment lui plaire. J'ai senti que je le perdais. Et ça m'a déchirée.

— On se rend compte de ce que l'on a quand on le perd.

— Exactement. Alors je suis allée le voir, je voulais lui parler mais c'est lui qui a pris la parole en premier. Il m'a dit qu'il m'aimait, depuis toujours. Mais qu'il avait l'impression que ce n'était pas réciproque et qu'il préférait donc me laisser vivre ma vie et vivre la sienne de son côté.

— C'est vrai ? Mais tu ne m'as jamais raconté ça.

— Non, à l'époque j'ai un peu embelli la réalité.

— Et alors ?

— Alors j'ai fondu en larmes en réalisant quelle idiote j'étais ! Je lui ai dit que je ne voulais pas le perdre. Il m'a prise dans ses bras, on s'est embrassés pour la première fois et il m'a dit qu'à partir de ce moment plus rien d'autre ne compterait pour lui et qu'il ne me perdrait jamais.

— Ah, ça, c'est la version que je connais.

— Oui, je préfère ne raconter que cette partie !

— Mais quelle menteuse ! dis-je en lui lançant un coton démaquillant.

— Non, j'arrange la vérité, c'est tout ! Moralité : il faut savoir baisser la garde et ravaler sa fierté si on ne veut pas tout perdre.

La conversation s'arrête là et on décide d'aller se coucher pour ne pas avoir de cernes demain. J'ôte mon masque et prends mon comprimé tandis que Sophia se prépare une infusion d'herbes compatible future maman.

Je me retourne dans le lit en me demandant pour la centième fois si la roue va tourner un jour. Suis-je une maîtresse maudite à la Shakespeare, moi aussi ? Et surtout est-ce que je fais les bons choix ? Apparemment pas. J'ai voulu me protéger et je souffre quand même, comme jamais auparavant… Des signes ! J'aimerais recevoir des signes qui me montrent le chemin à suivre, les bons choix à faire, comme dans ces films à l'eau de rose que je n'aime pas. Mes réflexions s'arrêtent à peu près là car le somnifère fait enfin son effet, et je plonge dans ce sommeil sans rêve dont j'ai tant besoin.

Lorsque j'ouvre les yeux, le jour se lève à peine. Il est 6 heures, et pour la première fois de la semaine je me sens reposée, ce qui tombe bien car j'ai du pain sur la planche.

J'ai la sensation d'être différente ce matin, sans savoir identifier ce qui a changé. En tout cas, je me sens un peu mieux et c'est l'essentiel : aujourd'hui, c'est le mariage de ma meilleure amie et rien ne peut le gâcher. A part peut-être un infime détail que le tsunami de ces derniers jours m'a fait oublier : je n'ai toujours pas préparé mon discours. Et ça, c'est vraiment la cata !

Je rallume mon portable, qui affiche huit appels en absence, tous de Maïa. Je lui envoie un texto.

> Désolée ça va mieux, j'étais fatiguée. Je t'appelle si j'ai 5 min mais ne t'inquiète pas. Pardon, je ne voulais pas t'accuser.

Elle me répond cinq minutes après (ce qui m'impressionne car Maïa n'est jamais levée avant 11 heures).

> OK éclate-toi bien, tu me raconteras. Je t'M.

C'est ça qui est bien en amitié, c'est moins compliqué qu'en amour.

Je fonce me doucher pour trouver Sophia levée à mon retour dans la chambre. Vu ses traits un peu tirés, elle n'a pas dû dormir tellement. Elle me dit de filer prendre mon petit déjeuner sans l'attendre. J'opine et enfile une petite robe en coton, histoire de ne pas salir la *vraie*.

Dans la cuisine, je suis seule avec les parents de Sophia, qui ont l'air au moins aussi stressés qu'elle. On passe une dernière fois en revue les derniers détails à haute voix pour se donner l'impression qu'on n'a rien oublié. Au détour de la conversation, j'apprends que Julien est déjà levé et prépare l'arrivée des fleurs. Quelques minutes plus tard, effectivement, je le vois passer, l'air affairé, un panier à la main. Alain, le papa de Sophia, me dit que j'ai vraiment beaucoup de chance d'avoir un homme attentionné comme lui. Il n'a rien compris, celui-là. Pas grave, je ne prends pas la peine de le contredire. D'ailleurs, il parle peut-être au niveau boulot.

Sophia arrive enfin. Elle dégage une telle tension que je réalise aussitôt à quel point j'avais tort en songeant que sa mère était au moins aussi stressée qu'elle : Sophia l'est mille fois plus ! Mon vague espoir que Paul l'aide à se tranquilliser s'évanouit à l'arrivée de l'intéressé qui n'est pas en meilleur état. J'en viens à me demander si une nouvelle catastrophe ne va pas nous tomber dessus.

Ils sont aussi heureux de se voir qu'anxieux, on dirait deux jeunes amoureux qui n'ont jamais vu le loup. Je dois avouer que malgré tout je les envie.

Je pars avec les parents régler les derniers détails de la cérémonie à la chapelle, ce qui nous prend une bonne partie de la matinée. Au mas, les chapiteaux sont prêts, les talents de jardinier de Julien ont fait des merveilles et le temps est parfait.

Le midi, les habitants du mas se retrouvent autour d'une collation préparée à leur intention par le traiteur. L'ambiance est plus détendue mais pas encore super festive. Le frère de Sophia, François, arrive à ce moment-là, ce qui crée un interlude de détente pendant lequel la mariée peut oublier un court instant son stress. Elle lui saute dans les bras tandis qu'il la félicite, et Paul semble tout aussi ravi de l'arrivée de son beau-frère.

On chambre un peu les mariés, quelques blagues idiotes habituelles sur le fait qu'il est encore temps de dire « non » fusent, mais comme tout le monde autour de la table sait que Sophia est enceinte — y compris son frère, qu'Elinor a aussitôt prévenu —, on n'insiste pas trop non plus : il est déjà trop tard !

14 heures : je vais me préparer dans ma chambre, que je trouve du premier coup ! Je vous ai déjà expliqué que le stress fait parfois des miracles sur mon cerveau ? Angie frappe à ma porte, son vanity à la main. Elle passe une quinzaine de minutes à me maquiller, ce que je trouve incroyablement long tandis qu'elle me dit qu'elle a fait « rapide et léger ». Toujours est-il que le résultat est très

réussi. Je remercie chaleureusement celle qui, en une petite semaine, est presque devenue une bonne copine.

Alors que je fonce rejoindre Sophia, je tombe sur Julien dans le couloir. Il vient juste de finir d'installer les fleurs et n'a pas eu le temps de passer son costume. Son regard est sombre quand il croise le mien. Il s'arrête le temps de m'observer.

— Tu es splendide. Ne change rien.

Puis il repart. J'hésite entre le suivre, le frapper, l'insulter et le violer, et puis, bien sûr, je ne fais rien de tout ça. Après l'incident d'hier, je trouve ses tentatives de rapprochement dégueulasses. Rien ne me fera oublier ce qu'il a dit à sa mère.

Je l'ignore donc et reprends ma route. Ce coup-ci, je me perds. Oui, bon, ça ne peut pas marcher à tous les coups.

Je finis par trouver la chambre d'Elinor, où la robe était cachée depuis hier et qui sert de loge à la future mariée. J'essaie de me rappeler les instructions de Louise et j'aide Sophia à enfiler la fameuse robe sans abîmer le maquillage que sa mère vient de lui faire. Très joli maquillage, d'ailleurs, qui me fait oublier les réserves que j'avais émises quand Sophia m'avait dit qu'elle ne ferait pas appel à une professionnelle. Encore une fois, c'est elle qui avait raison. La robe est parfaite. Le timing aussi, puisque la coiffeuse arrive à cet instant en compagnie de Becky — que je n'apprécie toujours pas mais qui est sûrement mieux à même que moi de servir de guide dans les méandres de ce labyrinthe.

Vous ne serez pas surpris d'apprendre que Becky ne me porte pas dans son cœur non plus. Cela dit, depuis hier, le stress du mariage aidant, on commence à s'apprivoiser toutes les deux, un peu comme les mères des mariés. Je l'ai peut-être mal jugée. Et puis maintenant que je sais qu'elle ne couche pas avec Julien… Couac ? Qu'ai-je dit dans ma tête ? Julien. Bon, il faut que j'arrête d'y penser ou bien que je me remette à la vodka dare-dare.

La coiffeuse finit de s'occuper de Sophia, puis passe à Becky, et c'est enfin mon tour.

15 h 30 : on est à peine en retard.

Tout le monde est parti. Restent Maxime, qui est le chauffeur de Sophia, Becky, Elinor, bien sûr, et moi. Nous montons toutes les trois dans la voiture d'Elinor et nous suivons la BMW X6 blanche de la mariée. Mais… c'est la voiture de Julien, non ? Elinor confirme.

— Les fleurs n'allaient pas du tout sur la Mercedes, impossible de les fixer au capot, donc Julien a prêté sa voiture. Il s'est levé à l'aube pour aller la laver et s'est occupé de tout. Ce garçon est un ange, ce qui est un miracle quand on connaît sa mère !

— Et vous la connaissez ?

— Bien sûr, nous étions presque voisines. Une vraie harpie. Je me demande comment ce garçon a pu devenir un adulte aussi accompli après avoir été élevé par ce monstre sans cœur. Cela dit, j'ai l'impression que les choses changent et qu'il lui tient enfin tête. Ça doit lui faire bizarre, à ce tyran.

— Qu'est-ce qui vous fait dire ça ?

— Qu'il lui tient tête ? demande-t-elle pour la forme en se penchant vers moi. J'ai surpris une conversation téléphonique hier. En gros, il lui disait qu'il décidait seul de la manière dont il entendait mener sa vie et que cette femme — je ne sais pas de qui il parlait, précise-t-elle en me jetant un regard en biais — était à l'opposé d'elle et donc la meilleure chose qui lui soit jamais arrivée. Et que, si à cause d'elle quoi que ce soit était gâché, il ne lui pardonnerait jamais et elle pourrait s'asseoir sur ses rentes mensuelles ! Ça a bardé, je te le dis. C'est sans doute dur à entendre, mais je crois sincèrement qu'elle le mérite.

La conversation s'arrête là car on arrive. C'est probablement mieux : j'aurais eu du mal à me concentrer sur la cérémonie à la mairie, qui se révèle plutôt rapide mais émouvante. J'ai les larmes aux yeux en sentant l'émotion contenue dans le « oui » de Paul et Sophia.

Dehors, une haie d'honneur attend les mariés. Ils s'embrassent comme dans les films et je me dis qu'il n'y a rien de pire qu'un mariage pour qui est un peu trop fleur bleue dans l'âme.

Nous repartons au mas pour un crescendo d'émotions. La cérémonie à la chapelle est magnifique. En lieu et place d'un curé, les jeunes mariés, tous deux athées, ont demandé à leurs témoins de lire des textes et de présider au mariage. Becky, Maxime, Matthieu et moi procédons donc à l'échange des alliances et à la bénédiction. La cérémonie réussit le pari d'être romantique, émouvante, drôle et pittoresque à la fois.

Mais c'est plus fort que moi, même pendant ce moment unique, mon regard se porte régulièrement sur Julien, qui lui aussi regarde dans ma direction. Il faut que j'arrête, il faut que j'arrête. *Les fleurs sont magnifiques*, me dis-je pour penser à autre chose. Sauf que c'est un échec car même les roses me ramènent à lui, qui a accompli le miracle de toutes les disposer ce matin.

A la fin de la cérémonie, Becky se joint à moi pour guider les invités vers les chapiteaux où nous attend le vin d'honneur.

Je m'assure que tout le monde soit installé pour regarder mon portable. Un appel en absence de Maïa. Et si j'allais retrouver mon petit banc fétiche pour savoir ce qu'elle me veut ?

— Alors ? me demande-t-elle après la première sonnerie.

— Alors c'est magnifique. Tout est super.

— Tant mieux. Félicite-les pour moi.

— Bien sûr. Ecoute… je suis désolée pour hier soir.

— J'étais inquiète.

— Et j'étais triste, pardon.

— J'ai compris. Et aujourd'hui ?

— Aujourd'hui, c'est Sophia, moi…

— Non, pas de « on verra plus tard ».

— Comment ça ?

— C'est ce que tu allais dire, je te connais comme si je t'avais faite. Alors écoute, on n'a pas beaucoup de temps, il faut que tu retournes accomplir ton devoir de témoin, mais j'ai quelque chose d'important à te dire. Sache que tu vas certainement me détester pendant un petit moment mais c'est pas grave, j'ai le dos large.

— De quoi tu parles ?

— Hier soir, j'étais inquiète, alors je l'ai appelé.

— Julien ?

— Oui.

— Comment tu as son numéro ?

— Tu me l'avais donné la fois où vous étiez partis en colloque et où ton portable ne passait pas.

— Tu l’as gardé ?

— Je ne suis pas le genre de fille qui jette. Enfin on s’en fout. Il était content, apparemment il avait besoin de parler, lui aussi.

— Et vous avez parlé de quoi ?

Ma voix frise l’hystérie.

— De toi, bien sûr.

— Je ne veux pas savoir.

— Ça tombe bien, je ne te dirai rien !

— Quoi ? Mais alors pourquoi tu me dis ça ?

— Parce que aujourd’hui c’est enfin « demain ».

— Je ne comprends pas.

— Tu comprends très bien, alors fais pas ta sourde. J’en ai marre de t’entendre dire « on verra demain », « j’y réfléchirai demain ». L’amour, ça fait mal, ma chérie, mais tu es une grande fille maintenant, alors prouve-le un peu, bordel ! Oui, on souffre, non, un bisou sur la main ça ne soigne pas vraiment, mais si c’était trop facile, ce ne serait pas drôle ! Je sais bien que je te raconte des platitudes, mais puisque tu n’as pas l’air au courant de certaines choses, j’estime de mon devoir de t’expliquer.

— Mais t’as pas fini de m’agresser ? Je vais mal et c’est tout ce que tu trouves à faire ?

— Oui, parce que t’es con, ma pauvre, des fois. Je crois qu’il t’a dit qu’il t’aimait, non ?

— Quoi ? Non !

— Enfin en tout cas, il a essayé mais tu n'as rien voulu entendre.

— Mais…

— Ecoute, j'en ai déjà trop dit. Retourne à ce mariage et amuse-toi, mais pitié, affronte tes démons. Il n'y a que comme ça que les princesses se débarrassent de leurs cauchemars.

— On n'est pas dans un dessin animé !

— Eh bien pour une fois, dis-toi que si. Je te laisse, j'ai de l'huile sur le feu. Et au fait : n'oublie pas que moi aussi je t'aime.

Et elle raccroche. J'hallucine. Il m'aime ? C'est tout ce que j'ai retenu. Elle affabule, je la connais, elle prêche le faux pour que j'aille à la pêche au vrai. Je connais aussi Julien, il ne se serait jamais confié comme ça. « De l'huile sur le feu », elle se fout vraiment de ma gueule. Faudra qu'on ait une discussion à mon retour.

Le vin d'honneur se passe très bien, au frais sous les tentes. Un des cousins du marié semble m'apprécier et je passe un bon moment en sa compagnie.

Le repas commence, ce qui signifie que l'heure de mon discours va sonner. Je suis stressée mais m'en remets à mon sens inné de l'improvisation, tout en sachant que c'est méga-risqué. OK, je suis folle, ce n'est pas une nouveauté mais je n'ai pas le choix. Maxime et Matthieu prennent la parole pendant le repas et il est prévu que Becky et moi le fassions plus tard. Pas très galant en apparence mais ça nous arrange bien toutes les deux. Finalement, Becky se débine et m'annonce qu'elle n'en fera pas. Maxime porte un toast très drôle tandis que Matthieu émeut tout le monde avec un beau texte plutôt bref.

Je fais le tour des tables pour m'assurer que tout va bien et que personne ne manque de rien. Je discute un peu avec mon père au passage.

François vient vers moi et me propose d'aller prendre l'air. Je le connais bien, c'est le grand frère de ma copine et je l'ai toujours beaucoup aimé. De plus, il est vraiment très beau, ce qui ne gâche rien, mais c'est juste un ami. On sort tous les deux et il rigole quand je lui narre les péripéties de cette semaine. Je vois alors Julien approcher. François me demande comment va ma vie ces derniers temps, et c'est le moment que choisit Julien pour intervenir.

— Tu permets ? demande-t-il à François. J'aimerais m'entretenir avec cette jeune femme.

Mon cavalier hésite, me regarde, mais le ton de Julien ne souffre pas de contradiction. Il accepte donc sans trop avoir le choix et s'éclipse poliment. Et je crois que c'est là que j'ai compris.

Un peu de patience, je vais vous expliquer ce que j'ai compris de manière à ce que vous compreniez, vous aussi.

— J'ai fait des conneries, me dit Julien. Je ne

suis pas parfait, mais toi non plus. Est-ce que tu vas me le faire payer en m'obligeant à supporter toute la soirée tes prétendants ? Je vais devoir te voir t'éclipser régulièrement avec un nouveau don Juan ? En tant que témoin, tu n'es pas censée te consacrer à la mariée ?

— Ma parole, mais c'est que le vilain matou sort de nouveau ses griffes. Il y avait longtemps. Jaloux, on dirait ?

— Non, possessif. Même avec ce qui ne m'appartient plus. C'est un vilain défaut, je sais.

— Le smoking te va très bien.

— Tu changes de sujet.

— Non, au contraire, je suis en plein dedans. Où est-elle ?

— Qui ça ?

— La blonde censée être toujours à tes pieds.

Il jette un œil autour de lui puis son regard s'arrête sur moi.

— J'en vois bien une, là, devant moi, la plus belle de toutes. Mais je crains de devoir contrarier mon ego en reconnaissant qu'elle n'est pas à mes pieds…

— Aïe, tu veux dire qu'elle, elle résiste ?

— Je crois bien, malheureusement.

— Mais c'est ce que tu aimes, non ? C'est pas drôle quand c'est trop facile…

— C'est sûr, mais quand c'est trop dur, il faut savoir s'avouer vaincu.

— Mais la question est : à quel moment ? Comment tu sais qu'il y a espoir et comment tu sais qu'il faut abandonner plutôt que perdre la face ?

— Ah ça, on ne sait jamais ! Mais, en amour, on s'en fout. Perdre la face, ça ne compte pas. L'enjeu, la chose à ne pas perdre, c'est l'autre personne.

— C'est vrai ? Tu serais du genre à penser ça ?

Il se rapproche de moi.

— Tu ne me connais pas.

— Plus que tu ne l'imagines, je pense.

— Je demande à voir…

Il se rapproche encore. Dangereusement.

— Julien, je te laisse, j'ai un discours à faire…, dis-je en tournant les talons.

— Tu te fous de moi ? me lance-t-il, ébahi.

— Non, justement ! Tu devrais rentrer, j'ai peur que tu ne prennes froid.

Je souris de toutes mes dents et regagne le chapiteau, sous lequel il fait trente degrés grâce aux climatiseurs, c'est-à-dire cinq degrés de moins que dehors.

J'arrive à ma table. Je prends mon verre, le fais tinter pour demander l'attention et, quand je l'ai enfin, je commence. J'ai le cœur léger et rien ne pourra plus m'arrêter.

— Mes chers amis, à mon tour de parler. Vous n'êtes pas sans savoir que Sophia est ma meilleure amie et Paul un très, très, très vieux copain aussi. Alors c'était difficile de savoir quoi dire. Ça fait des mois que je planche dessus et là, j'ai enfin trouvé. Hier soir, avec Sophia, on a beaucoup parlé. Bon, surtout de choses qui resteront des secrets de filles, désolée, Paul, mais d'autres, aussi, qui m'ont ouvert les yeux. Par exemple, Sophia, j'ai enfin su qu'il ne t'avait pas suppliée de sortir avec lui, comme tu nous l'as toujours dit, mais que tu étais verte de rage parce qu'il sortait avec une autre et que tu te préparais à lui dire ses quatre vérités !

— Traîtresse ! me lance Sophia en riant.

— Désolée, ma chérie, mais il faut que le monde connaisse enfin la vérité ! Et là, je t'ai demandé comment tu savais que c'était le bon. Bon, je t'avoue, j'ai rien compris à ta réponse, mais en creusant un peu et en vous observant, Paul et toi, j'ai fini par comprendre. Puis en vous voyant tellement heureux, je me suis dit que je devais vous piquer votre recette. Et aujourd'hui, comme je suis d'humeur partageuse, je vais aussi la donner aux autres !

Des cris d'approbation fusent dans la salle. Je regarde au fond et je vois Julien, accoudé contre la porte, qui m'écoute avec attention. Je plante mon regard dans le sien.

— Règle numéro un : celui qui pourra partager ta vie, c'est celui qui pourra supporter ton caractère, et ça, avec le tien, c'était pas gagné, dis-je en regardant Sophia, qui feint l'indignation. Règle numéro deux : il ne se sentira pas rabaissé par ton succès ou ta réussite mais, au contraire, te portera pour t'aider à te dépasser et saura même répondre à ta repartie légendaire. Et puis il fera les magasins avec toi une journée complète sans râler, juste parce que tu en as besoin, il aidera tes amis dans les moments critiques, il couvrira tes mensonges les plus absurdes, quitte à se mettre dans une situation délicate, il couvrira même ton alcoolisme mondain en te passant des verres discrètement, il saura que tu bois du chocolat le matin quand tout le monde te sert du café, il te prendra la main quand tu seras malade, il affrontera ses parents pour te protéger si besoin, et surtout, surtout — une règle qu'un ami à moi a ajoutée récemment, dis-je en levant mon verre en direction de Damien —, il saura te protéger ! Des autres hommes, d'abord, en étant prévenant envers toi et intimidant envers eux, et de toi-même, surtout, en t'empêchant de faire des choses que tu regretterais. Ça fait beaucoup, me direz-vous, mais justement, quand vous trouvez cette perle rare, il ne faut pas la laisser partir ! Sophia, ma chérie, depuis le temps que je te côtoie, je sais que tu as trouvé tout ça. Alors, Paul, si tu veux, je te note tout sur un post-it pour que tu t'en souviennes… mais… à la réflexion, non ! Surtout, ne change pas, sois toujours le même, sois toi-même et continue de la rendre heureuse et de la protéger comme tu sais le faire, tu y gagneras en prime ma reconnaissance éternelle.

Je marque une petite pause pour reprendre mon souffle avant de lever mon verre.

— Au plus beau couple que je connaisse !

La salle imite mon geste et Sophia se lève elle aussi pour me prendre dans ses bras.

— C'est magnifique, me dit-elle. Je ne te savais pas l'âme d'un poète.

— Et encore, il te reste beaucoup à découvrir !

Je quitte la table sous les applaudissements et, lorsque je veux sortir, Jean me retient par le bras.

— Ma sœur a grandi, on dirait.

— C'est possible.

— Continue, ça te va bien.

— Merci.

— Reste à voir si tu sais appliquer ces belles paroles à ton propre cas… Et ça tombe bien, j'ai l'impression que justement tu es attendue, fait Jean en indiquant de la tête la direction de Julien.

Je lui donne une tape amicale sur l'épaule et sors de la tente en me retournant : comme je l'imaginais, Julien est juste derrière moi.

— Un peu cucul, ton speech, mais on dirait que ça a plu !

— Sal…

Mais il ne me laisse pas terminer et, au lieu

de ça, m'attrape par les épaules et m'embrasse sur la bouche.

Et cette fois, je me laisse faire. Quel soulagement ! J'ai l'impression qu'on vient d'ôter un poids énorme de mes épaules. Julien me prend dans ses bras et j'ai la sensation d'être rentrée chez moi. Quelle horreur ! Depuis quand je parle comme dans un roman sentimental, moi ? Mais tant pis, j'assume.

Quand il arrête de m'embrasser, ce qui me déçoit légèrement, il recule son visage du mien pour mieux me regarder de son air le plus sérieux.

— Et si tu trouvais cette perle rare, tu serais assez folle pour la laisser partir ?

Je fais mine de réfléchir avant de répondre :

— Je crois que je suis suffisamment intelligente pour reconnaître la perle en question si je la croise. Mais si je n'y arrive pas, tu pourrais m'aider, non ?

— Tu avoues enfin que tu as besoin de moi ?

— Pas autant que, toi, tu as besoin de moi, dis-je en reprenant le baiser là où il l'avait interrompu.

Au bout de quelques instants, je le sens qui sourit.

— Quoi encore ?

— On va devoir redéfinir les règles alors ! dit-il.

— Quelles règles ?

— Tu as raison, on n'a jamais eu de règles ! Alors on va vivre au jour le jour, mais d'abord…

Devant sa mine soudainement grave, je lui lance un regard interrogateur.

— … d'abord, avant de rentrer à Paris je vais te présenter officiellement à ma mère. Autant que tu mesures tout de suite l'étendue du problème et que tu décides de ce que tu veux faire de moi avant d'aller plus loin.

Je respire de nouveau et esquisse un sourire.

— Parce que tu crois sincèrement que je peux changer d'avis quand j'ai décidé quelque chose ?

— Non, sourit-il à son tour, visiblement soulagé, c'est vrai, c'est peu probable. Ça me rassure.

— Ensuite ?

— Ensuite, que tu restes ou pas dans la boîte, ça m'est égal. Je te veux, c'est tout. C'est toi qui décideras et, en homme sage, je t'écouterai.

— Toi ? M'obéir ?

— Oh là, attention ! J'ai dit « écouter », pas « obéir » ! Et puis il reste des domaines où c'est moi qui décide, ajoute-t-il avec un regard vicieux qui me plaît beaucoup.

— Ça me va, dis-je en l'embrassant de nouveau. Juste une chose : je veux être présente quand tu l'annonceras à Nicole, juste pour voir si son visage est capable d'afficher plus de deux expressions.

— OK, fait-il en riant franchement, mais je crois que tu vas être déçue : elle n'en a bien que deux ! Et moi, j'aimerais que tu me présentes officiellement Maïa, à qui je dois beaucoup, je crois.

— D'accord. D'ailleurs, on en profitera pour régler certaines choses, tous les trois…

— Je ne vois pas du tout de quoi tu parles !

Je m'apprête à répondre mais il me fait taire en posant ses lèvres sur les miennes. Angie sort à ce moment-là et manque de nous rentrer dedans.

— Ah, enfin ! Vous allez peut-être vous détendre, tous les deux.

Puis elle s'éloigne à grands pas, ce qui nous fait rire comme des adolescents. Julien retrouve rapidement son sérieux et m'enlace d'un peu plus près.

— Alors comme ça, tu aimes bien que je chasse les malotrus qui te tournent autour ?

— Hé, t'emballe pas, il ne faudrait pas non plus croire tout ce que je raconte !

— Ah non ? fait-il en me serrant plus étroitement encore.

— Enfin, un petit peu…

— Et qu'est-ce que tu aimes d'autre chez moi ?

— Ta repartie…

— Déjà dit !

— Ton caractère de merde…

— Mais encore ?

— Tes dents.

— Ah bon ? demande-t-il en riant de plus belle.

— Tes cheveux décoiffés sans cesse, tes fesses…

— Seulement cette partie de mon anatomie ?

— J'ai pas eu le temps d'étudier à fond toutes les autres, j'aimerais approfondir…

— Vos désirs sont des ordres, madame, mais tu vas devoir attendre la fin du mariage.

— Oh zut ! Et toi ?

— Quoi ?

— Qu'est-ce que tu aimes chez moi ?

— Toi, dit-il sans l'ombre d'une hésitation.

Et je réalise que c'est la plus belle chose qu'on m'ait jamais dite.

On s'embrasse encore et, avant de rentrer rejoindre nos amis, Julien me glisse à l'oreille :

— Ce qui est bien, c'est que je sais que tu vas rester bien sagement à côté de moi ce soir et que je n'aurai pas à te chercher partout.

— Ah ! J'avais oublié ton fameux côté possessif. Désolée, mais il va falloir que tu apprennes à lâcher un peu de mou…

— Mais ce n'est pas ça du tout, ma chérie, explique-t-il en souriant. Je voulais simplement t'éviter de prendre le risque de te tromper de chambre tout à l'heure…

Après un dernier baiser en plein air, on entre dans la grande salle où les mariés ouvrent le bal sur Sam Cooke, que Sophia a choisi pour immortaliser ce moment. Le titre qui sort des puissants haut-parleurs installés de chaque côté de la scène ? Vous voulez tout savoir ?

« Wonderful World »

Don't know much about history
Don't know much biology
Don't know much about science book
Don't know much about the French I took
But I do know that I love you
And I know that if you love me too
What a wonderful world this would be…

Je n'y connais rien en histoire
Je n'y connais rien en biologie
Je n'y connais rien en livre de science
Je n'y connais rien au cours de français
Mais je sais que je t'aime
Et je sais que si tu m'aimais aussi
Quel monde merveilleux ce serait…

Vous y voyez un rapport avec mon histoire ? Peut-être, je ne sais pas. Vous savez, les liens, c'est comme les signes, ça ne tombe pas du ciel, c'est à nous de les faire, à nous de les voir. Regardez, elle commençait plutôt mal, ma semaine. Qui aurait dit que je comprendrais tant de choses ? Sur ma famille, et sur moi surtout. Ce qui a changé ? J'ai appris à regarder, à écouter. Sans cela, est-ce que vous pensez vraiment que je serais amoureuse pour la première fois de ma vie, et de Julien en plus !

Bon, peut-être que je l'ai toujours été, depuis cet été de mes 15 ans. Pouah ! Une histoire d'amour d'ados, maintenant, ça devient carrément guimauve, non ? Enfin ce que je veux dire, c'est que parfois on cherche très loin ce que l'on avait juste à côté de soi, parfois pendant des années. Alors regardez bien et posez-vous la question : parfois il vaut mieux attendre demain, c'est vrai, mais le plus souvent, pourquoi ne pas être heureux aujourd'hui ?

Remerciements

A mon mari, mon doudou qui pour moi est tout ; à ma maman qui me soutient tout le temps et surtout à cette folle dingue de Sevy qui m'a harcelée jour et nuit, mais sans qui rien n'aurait jamais été publié ! Je vous dis : MERCI.

Merci à vous, mes copines, mes amies, mes copains (non, les gars : Jay, Marc et tous les autres amis masculins, je ne vous oublie pas !), merci pour toutes ces soirées, que vous soyez en France ou à l'étranger. Vous êtes mon inspiration, mes fous rires et mes gueules de bois…

Merci à mes deux choucroutes garnies, mes filles que j'aime à la folie, d'être si joyeuses et de me soutenir par vos bisous.

Si je peux coucher ces lignes d'écriture sur un beau papier, c'est grâce à vous : lectrices et lecteurs qui avez aimé *Hot Love Challenge* en numérique et qui m'avez envoyé tous ces jolis messages ! Alors surtout à vous : merci.

Merci à celles qui prennent le temps de faire de si jolis blogs de cette qualité ! Grâce à vous, la lecture a encore de beaux jours devant elle !

Et enfin merci, Harlequin ☺, pour votre équipe hors du commun, gentille et patiente avec celle que je suis au fond de moi : « une Melgorienne[1] parfois très chiante ! », mais chut : je ne l'avoue pas souvent ☺.

1. Habitante de Mauguio.

Tournez vite la page et découvrez
un extrait de *Hot Love Disaster*,
le deuxième tome de la série **Hot Love**,
également disponible dans la collection &H.

1. Elle

« Une femme n'aime jamais qu'un seul homme. Mais elle lui donne plusieurs noms. »

CARLTON LE CLOWN

— Non, non, non, non, non !

— Si, si, si, si ! réplique Jules sur le même ton.

— Il manque un « si », j'ai gagné ! dis-je avec un sourire mesquin en tournant les talons.

— Reviens ici tout de suite !

Je soupire mais je fais demi-tour. Il n'a pas l'air de plaisanter, cette fois. Enfin, au moins, j'aurai essayé.

Je me retourne et lui lance le regard le plus suppliant de ma panoplie, genre croisement de cocker et du Chat potté, en version femme bafouée.

— Jules, s'il te plaît…

— Non ! Tu dois m'écouter, Maïa ! T'ai-je déjà trahie ?

— Oui, à l'instant…

— Non mais tu plaisantes ? Fais-moi confiance ! Est-ce que, depuis que je suis ton éditeur, ton ami, ton confident, ton psy, tu as déjà eu à te plaindre de moi ? Sincèrement.

— Oui, souvent, dis-je, remontée, les poings fermement plantés sur les hanches.

— Non, mais je veux dire, à part nos prises de bec constantes sur le fait que tu rendes systématiquement tes manuscrits à la bourre… Avoue, je suis ton yin, tu as besoin de moi et de mes judicieux conseils…

— Ah ben, merci, donc je suis le yang de l'histoire, c'est ça ? Le côté obscur de la force ?

— Oh ! ça va, arrête ton char, Dark Vador ! Tu sais très bien ce que je veux dire. Au fait, ces mémoires, tu en es où ?

— Pff, mes mémoires, tu parles, quelle merde ! Plus j'essaye, plus je trouve ça chiant comme la mort. J'espère que ma vie est moins merdique que ce que j'écris ! Enfin, t'inquiète, je fais ce que tu me demandes : tout ce qui fait le sel de mon existence fascinante sera retranscrit, y compris mes pensées et même cette conversation, avec quelques retouches personnelles, bien sûr, dis-je en lui souriant comme un chat devant une souris.

— Oui, pour la touche personnelle, je te fais confiance. Tu fais comme tu veux, mais tu le fais.

Je sais que c'est une bonne méthode, et puis on n'a pas le choix : tu dois retrouver l'inspiration.

La page blanche, voilà mon drame. L'inéluctable page blanche de l'écrivain, celle qui nous guette tous un jour ou l'autre. Et voilà, c'est mon tour : depuis quelques semaines, mes neurones refusent obstinément de se concentrer pour me laisser écrire mon prochain roman historique — mon gagne-pain et ma passion. Enfin, surtout mon gagne-pain, à vrai dire… La vérité, c'est que j'en ai ma claque, des livres en costume ! Et même des livres tout court, surtout quand on me dicte ce que je dois faire. Comment voulez-vous écrire un bon livre quand le sujet vous soûle ? Je crois que c'est ce qui a causé la mort de ce pauvre Hercule Poirot : il soûlait Agatha Christie ! Le problème, c'est que Jules, mon éditeur ici présent, refuse de l'entendre… Je sors de mes pensées et reprends ma plaidoirie :

— Manquerait plus que je ne fasse pas comme je veux ! A ce propos, tu peux toujours courir pour que je remonte à ma petite enfance. Contrairement à ce que tu prétends, tu n'es pas mon psy. Et mes lecteurs, encore moins !

— OK, OK, pas l'enfance. Mais au moins ce qu'il se passe en ce moment. Et peu importe ce que tu écris, tant que tu l'écris. Ce qui compte, c'est le processus : écrire, encore et encore. Et maintenant la deuxième étape, c'est de prendre un peu l'air.

— Ah, prendre l'air, ça, je suis d'accord ! Mais j'en ai pas trop l'occasion parce qu'un tyran m'oblige à rendre des comptes, figure-toi.

— Bon, ça suffit, maintenant ! Tu es infernale. Pour la dernière fois : soit tu fais ce que je dis, soit ta carrière est finie ! C'est plus clair comme ça ? Même si tes ventes ne sont plus ce qu'elles étaient, ton style plaît aux lecteurs. Alors profite de ta foutue angoisse de la page blanche pour évoluer. Le XVIe siècle, c'est *has been* ! Aujourd'hui, ce que veulent les gens, c'est du réel, du sang, du contemporain, des labos high-tech qui confirment, des experts fringués en costard Saint Laurent, des enquêtrices sexy et des enquêteurs à la Matt Bomer. Tes preux chevaliers, tout le monde s'en fout, même toi ! Alors non, je ne te demande pas de te travestir, de changer ton style, de te « dénaturer », comme tu dis, je te demande de t'a-da-pter ! Et de te remettre au clavier. Donc tu bouges ton joli petit cul, tu pars en vacances et tu suis H 24 un inspecteur pour savoir comment ça fonctionne, ce qu'il se passe dans sa tête, dans ses tripes, dans la partie que tu veux de son anatomie, et tu m'écris le livre du siècle pour participer à ce putain de prix littéraire, que tu remporteras haut la main, j'en suis sûr ! Ça sera le coup de pouce dont ta carrière a besoin et le *it-book* de l'année. Et sinon, ma chère, tu boufferas des pâtes, tu vendras ton joli appart à Paris et tu retourneras chez tes parents à Montpellier avec tes rêves et ta rancœur comme seuls bagages. Me suis-je bien fait comprendre ?

J'en reste sans voix. Jules a déjà été dur avec moi, mais ce ton… C'est la première fois. Les larmes me montent aux yeux… je vais pleurer sur commande pour l'amadouer, ça va marcher, ça doit marcher… Merde, j'arrive pas, ça bloque…

— Non, Maïa ! Ne me fais pas le coup des larmes, pas toi, lance Jules, glacial, en pointant sur moi un index vengeur.

Il ne m'en faut pas plus pour que la colère reprenne le dessus.

— Et je suis censée faire comment ? M'inventer des copains flics ? Ou me pointer au commissariat du coin ? « Coucou, monsieur l'agent, ça vous dérange si je vous colle aux basques pendant une semaine, c'est pour un bouquin ? » Tu veux que je le trouve où, ton Matt Bomer ? Et je parie qu'en plus il faut que je prenne un homo ? Histoire que tu puisses te le taper en prime ?

Jules sourit.

— C'était juste un exemple, ma chérie. Du calme et essaye de comprendre l'enjeu. Et surtout essaye d'éviter de te le taper, toi, ça simplifiera les choses. Je ne sais pas, tu n'as qu'à choisir le genre Columbo pour être sûre.

Je mime un vomissement qui me semble particulièrement réussi mais laisse Jules complètement indifférent.

— Et puis, reprend ce sale traître, tu ne m'avais pas parlé d'une copine dont le frère est flic ?

— Quoi ?

— Mais si ! Le frère de ta copine Lydia, je crois.

— Jean ? Il est garagiste à Mauguio, à côté de Montpell'. Alors, à moins que ce soit un agent secret et que je sois encore la dernière prévenue…

— Non, alors ce n'est pas Lydia, mais… Je sais ! fait-il en claquant des doigts. C'est l'autre, celle avec qui on est allés boire un verre un soir, elle s'est mariée cet été et Lydia a rencontré son mec à son mariage… Comment, déjà ?

— Elle l'a pas *rencontré* à son mariage, ils se sont *déclarés*, ça n'a rien à v…

— Oui, voilà : Sophia ! Son frère est flic à Paris ! Elle avait déjeuné avec lui avant de venir boire un verre avec nous !

Je suis tellement sciée par sa mémoire que je ne l'engueule même pas pour m'avoir coupé la parole.

— Mais t'es incroyable, toi ! Comment tu stockes tout ça dans cette si petite tête ?

— La concentration, ma chérie, la concentration !

— Bah, tu ferais mieux de la mettre à profit pour te rappeler les centaines d'invitations que tu m'as promises au Relais Plaza !

— Ecoute-moi, ma belle, si tu fais ce que je te conseille et que tu gagnes ce prix, promis, je t'emmène chez Maxim's !

Ce concours, Jules m'en rebat les oreilles depuis des mois. Il prétend que ça relancera ma carrière mais je crois qu'il pense surtout à l'image de sa chère maison d'édition…

Je le regarde de travers.

— Bon, admettons que je dise oui, je fais comment pour convaincre ce fameux frangin d'accepter que je le suive partout pour l'amour de la littérature ? Je ne sais même pas comment il s'appelle ni où il bosse, et mes relations avec Sophia n'ont jamais été au beau fixe. Enfin, on s'entend bien, mais c'est surtout la copine de Lydia.

— T'étais pas en fac avec elle ? Rappelle-moi son nom de famille…

— Si, mais c'était il y a longtemps et je traînais surtout avec Lydia et… Schwartz ! C'est ça, Sophia Schwartz !

— Parfait, je vais te le trouver, moi, ce François Schwartz.

— François ? Mais comment tu connais son prénom ?

— Oh ! comme ça. On retient des choses bizarres, dans la vie, parfois. Je me rappelle que, ce soir-là, je venais de me faire plaquer par Pierre. J'étais déprimé et, quand elle nous a parlé de son frère lieutenant de police, j'ai vaguement fantasmé pour me changer les idées…

— Il est homo ? dis-je, légèrement écœurée.

— Non, crétine. D'ailleurs, si tu pouvais éviter de faire une tête pareille… Ce n'est pas une maladie ! Ton François, c'était juste un fantasme. Tu fais ce que tu veux dans tes rêves, non ? A propos, je pense qu'il est plus prudent d'instaurer des règles. La première, c'est que tu ne couches pas avec lui. Vous allez passer du temps ensemble et je te connais trop bien : si tu te le tapes, au bout de deux jours, tu en auras marre, vous ne pourrez plus vous voir en peinture, et fini, mon livre !

— J'adore ta façon de résumer ma vie amoureuse…

— Ta vie amoureuse ? Quelle vie amoureuse ?

— Très drôle. J'ai le droit de ne pas avoir envie de rencontrer le grand amour, non ?

— Dans ton cas, je pense même que c'est la nature qui préfère éviter de repeupler la Terre avec ta descendance. Ça doit être pour ça que ce concept t'échappe…

— Ha ! ha ! ha ! Je suppose que c'est ça, l'humour gay ?

— Marché conclu, ma chérie, dit-il en ignorant délibérément ma dernière remarque. Reste chez toi, je m'occupe de tout !

Je le regarde attraper son manteau et se diriger vers ma porte d'entrée. Quel marché ? J'ai signé quelque chose ?

— Attends, Jules, j'ai pas dit oui…

— T'as pas le choix, ma puce.

J'entends à peine la fin, qui disparaît sous le claquement de ma porte blindée.

Voilà, voilà. Je suis seule dans mon appart. Je ne sais pas ce qu'il vient concrètement de se passer mais mon instinct me dit que ça va changer le cours de ma vie. Moi, Maïa Tournan, je suis paniquée. J'ai jamais rien écrit d'autre que des romans épiques situés au XVIe siècle. Et si c'était la seule chose que je sais faire ? Si tout ça se soldait par un bide ? Dans ce cas, je pourrais dire adieu à ma carrière d'écrivain, qui était pourtant bien partie. Mais alors comment faire face aux mensualités gigantesques du crédit de cet appart ? Comment garder mon train de vie et mes restos journaliers ? Qui va arroser mes plantes vertes ? Qui va m'acheter les grands crus indispensables à mon métabolisme ?

Retourner chez mes parents… A trente balais… Hors de question. Je vais trouver, je le sais, il y a toujours une solution… En attendant, j'ai besoin de sortir boire un coup. Et même plusieurs. Lydia, je ne vois qu'elle. Elle va me soûler avec ses théories sur les sorties en semaine, mais tant pis. De toute façon, depuis qu'elle est avec Julien, le week-end, je ne la vois plus. Un bon resto, un Martini en apéro ou directement une bouteille de gigondas : voilà la prescription du Dr Tournan contre ce début de crise d'angoisse.

J'envoie un texto :

RDV 19 heures bar habituel, besoin de toi, pas une question, ta réponse est oui

La réponse ne tarde pas :

OK

Je prends mon manteau et je sors retrouver ma bouée de sauvetage.

2. Lui

« Ce n'est pas parce que l'homme a soif d'amour qu'il doit se jeter sur la première gourde. »

PIERRE DESPROGES

— Oui, oui.
— Blablablablabla…
— Mmm, mmm…
— Blablablablabla…
— Oui, oui.

Oh ! putain, je l'aime, ma mère, mais qu'est-ce qu'elle me gonfle, parfois… Bon, si je continue de dire « oui, oui » pendant un certain temps, ça devrait lui passer…

— Oui, oui.
— Blablablabla… Je te passe ta sœur, François.
— Oui, oui… Attends ! Quoi ?

Ah, merde, j'ai dû louper quelque chose ! Ma

sœur, qui habite Londres, est à Mauguio ? Mais depuis quand ?

— Sophia ? Qu'est-ce qu'elle fait là ?

— Salut, frangin. Ça va ?

La voix de ma sœur a toujours pour effet de me rassurer. C'est moi l'aîné, mais elle a cette douceur dans le timbre qui me donne l'impression d'être un petit garçon de retour à la maison.

— Bonjour, ma belle, tu es à Mauguio ? Tout va bien ?

— Oui, oui, ne t'inquiète pas. La grossesse est un peu plus compliquée que prévu, mais rien de grave. J'avais rendez-vous avec un gynécologue réputé et on en a profité pour descendre pour le week-end, avec Paul.

— Vous n'en avez pas à Londres ?

— Si, plein. Mais ils sont trop branchés accouchement naturel à l'ancienne et pas assez péridurale pour moi ! Si l'anesthésie a été inventée, je veux en profiter. Sauf que ce n'est pas l'avis du médecin qui me suit à Londres. On a pas mal de défauts, en France, mais niveau médecine y a pas mieux !

Sophia s'est mariée cet été avec Paul, que j'ai toujours connu et que j'apprécie beaucoup. Ils vivent à Londres depuis un bon moment, pour le boulot, mais elle me manque toujours autant. Et puis je dois avouer que ça me fait toujours aussi drôle d'entendre ma petite sœur parler de grossesse, même si je me doute bien que la période vanille de son adolescence est révolue depuis longtemps.

— Ah, OK, je vois, dis-je, sans vraiment voir grand-chose.

— Tu ne vois rien du tout, oui !

J'entends son sourire communicatif derrière cette phrase.

— Tu as raison. Je veux juste ce qui est le mieux pour toi.

— Ne t'inquiète pas, tout ira bien. Et toi, alors ? Tu n'as pas répondu à maman ?

— A quoi ?

— Je vois quc tu n'écoutes toujours pas quand elle parle.

— Pour quoi faire ? dis-je en souriant à mon tour.

— François, tu as quelqu'un ou pas ?

— Oh ! là, là ! ça coupe, je passe sous un tunnel, je vais devoir te laisser…

— François !

— Allez, lâchez-moi, toutes les deux. Je suis encore jeune, non ?

— Mouais, si tu le dis. Trente-deux ans, quand même…

— Statistiquement, vu le nombre de femmes disponibles pour le nombre d'hommes, elles n'ont pas intérêt à faire les difficiles. Elles me prendront même si je suis un vieux con !

— Donc ce n'est pas dans tes projets ?

— Disons que ce n'est pas ma priorité.

Non mais qu'est-ce qu'elles ont toutes à croire que le but de l'existence, c'est de finir en couple avec des marmots ? Toutes, et encore plus dans mon entourage, où c'est carrément l'obsession. Si j'avais saisi chacune des occasions qu'elles m'ont présentées, j'aurais pu me marier au moins cinquante fois.

En bonne représentante des femmes de la famille, Sophia n'en démord pas.

— Mais tu as des copines, au moins ?

— Hé ! C'est la dernière chose dont j'ai envie de parler avec ma sœur ! Ne t'inquiète pas pour moi : je manque de rien, si c'est ce que tu veux savoir…

— OK, OK, je veux rien savoir, tais-toi ! Bon, je te passe Paul, il est à côté et me pousse depuis tout à l'heure pour prendre le combiné. Bisous, frérot…

— Je t'embrasse, ma belle.

— Moi aussi, mon cœur ! répond une voix d'homme, sarcastique, après un bref silence.

Paul, mon beau-frère. Je me sens seul, tout à coup, dans mon appartement parisien et je les envie d'être tous ensemble à Mauguio. Content d'avoir un homme au téléphone qui ne va pas me bassiner avec mes hypothétiques copines, je lui demande comment il va.

— Bien, super. J'ai l'impression que j'arrive juste à temps, non ?

— Putain, elles m'épuisent, avec leur harcèlement !

— Je n'aimerais pas être à ta place, c'est clair, plaisante Paul. Alors ? Il paraît que tu redescends vivre par ici ?

— Oui, je suis muté temporairement à Montpellier le temps de boucler une enquête.

— Cool, c'était ce que tu voulais, non ? Ça ne pourrait pas être définitif ?

— Je n'en sais rien. Je ne suis plus trop sûr de vouloir vivre de nouveau dans le Sud. J'ai ma vie avec mes potes à Paris, maintenant. A la fois, niveau climat et boulot, c'est tentant. Bref, je verrai dans un mois ou deux, après l'enquête, si j'ai mon affectation définitive.

Je suis en plein chamboulement dans ma carrière de lieutenant de police et du coup j'essaye d'éviter les décisions hâtives. Et si je n'obtiens pas ma mutation à l'issue de cette mission, eh bien, c'est que je dois rester à Paris…

Paul tombe juste :

— Tu vas laisser le destin choisir pour toi, en gros ?

— C'est ça. Si ma mut' est refusée, je considérerai ça comme un signe et je resterai à Paris.

— Et tu vas vivre où en attendant ?

— Devine !

— Ici ? Mais t'es malade !

Là, il marque encore un point, et je le sais très bien. Retourner vivre chez mes parents à trente balais, effectivement, il faut être un peu malade. Je me justifie laborieusement :

— Tu crois que j'ai le choix ? Je vais rendre mon appart à Paris histoire de ne pas payer un loyer délirant pour rien pendant deux, trois, peut-être même six mois ! Donc je vais chez mes parents, j'attends la réponse pour ma mut' et, en fonction, j'achèterai un studio à Paris ou une maison à Montpellier avec l'argent que j'ai de côté.

— Bon, en tout cas, n'oublie pas de descendre armé…

— Tu crois ?

— J'en suis même sûr ! Si tu descends ici sans assurer tes arrières, dit-il en baissant la voix, tu peux être certain que tu auras un rencard avec une fille différente chaque soir. Et elles sont tellement désespérées par ton cas qu'elles risquent même de ne pas se limiter aux filles.

— A ce point ? Mais qu'est-ce que tu veux que je fasse ? Je compte un peu sur l'arrivée du bébé pour qu'elle reporte son attention sur quelqu'un d'autre.

— Ta mère ? Mais tu n'as vraiment rien écouté, alors ? Il y a de fortes chances pour que Sophia vienne finir sa grossesse ici, en plein pendant ton séjour. Moi, j'ai trop de boulot, je dois rester à Londres. Tu auras donc les deux sur le dos, dont une qui supporte encore moins la contradiction que quand elle n'est pas enceinte !

— Oh ! merde ! Je fais quoi ? J'achète une poupée gonflable et on fait les présentations ? Je ne vais quand même pas me trouver une copine juste pour qu'elles me foutent la paix ?

— Non, c'est sûr, pas une vraie… Mais une copine imaginaire qui serait restée à Paris, par contre, ça les calmerait. Tu descends mi-décembre. Tu as donc très peu de temps pour avoir le coup de foudre…

— Tu es un génie, Paul. Tu sais que je t'aime, toi ?

— Oui, ben, calme-toi, sinon moi aussi je vais finir par penser que tu es homo !

— Comment ça, toi « aussi » ?

— Ben, ton père…

— Quoi ? Mon père croit que je suis homo ?

— Non, en fait, je pense qu'il dit ça pour apaiser les deux harpies, mais, bon, tu as une drôle de famille, mon pauvre ! Je pense qu'ils accepteraient mieux l'idée que tu sois homo plutôt que de savoir que tu te tapes tout ce qui bouge !

— Ouais, t'as raison, dis-je en soupirant. Je vais réfléchir à ton super plan.

— Bon, je te laisse, on passe à table.

— Ah oui, sois pas en retard ! Bon appétit, le beauf, et bon courage, surtout.

— *Ciao*, mec, à bientôt et bonne romance !

Je raccroche en souriant. Ça me fait toujours du bien de parler avec Paul. Je le connais depuis des siècles, bien avant qu'il sorte avec ma sœur. Il était plus jeune que moi, donc pas vraiment dans ma bande d'amis, mais, comme le village est petit, on se connaissait tous plus ou moins. C'est un type bien et je suis ravi que ma sœur soit avec lui. En plus, ça me fait quelqu'un d'autre à qui parler que mon coincé de père et mon hystérique de mère.

Je me lève après une nuit passée à ressasser le plan de Paul entre deux rêves stressants où il était question de mariage. Elle était laide, grosse, et moi, en pleine dépression… Il faut que j'arrête d'appeler ma famille le soir, ça me traumatise pour la nuit. Un bon café et je file au commissariat.

Après avoir dit bonjour à tout le monde, j'accroche mon manteau et j'ai à peine le temps de me retourner que j'entends :

— Schwartz, dans mon bureau !

Je hausse les sourcils en regardant Franck, mon équipier, qui semble aussi étonné que moi, et j'entre dans le bureau du commissaire Vacquart. Bourru, la cinquantaine, le patron ressemble plus au Père Noël qu'à un commissaire de police. Enfin, pas commode quand même, le Père Noël.

— Asseyez-vous, mon petit.

« Mon petit » ? D'où ça sort ? C'est bon ou mauvais signe, ça ? Je dissimule au mieux mon inquiétude qui monte et je m'assieds. Mais qu'est-ce que c'est que cette nouvelle chaise de merde ? Je suis sûr qu'elle a été spécialement conçue pour déstabiliser les suspects pendant les interrogatoires. Pas le temps de m'appesantir sur la question. Je me tortille, le regarde, il me regarde : qu'est-ce qu'il me veut, à la fin ? Oh ! putain… Je sais, c'est l'affaire… Elle m'est retirée… Je ne descends plus… Après quelques secondes de silence interminable, je me racle courageusement la gorge.

— Il y a un problème ?

— Eh bien… Tout dépend de quel côté on voit les choses, à vrai dire. Etes-vous plutôt du genre à voir le verre à moitié vide ou bien à moitié plein, mon garçon ?

— … Euh, plein ?

Je l'ai lancé comme une question, mais apparemment c'est la bonne réponse puisque son visage s'éclaire.

— Je m'en doutais !

— Il y a un problème avec l'affaire, c'est ça ? Si c'est le cas, je préfère que vous alliez droit au but et…

— Non, non ! Au contraire, vous avez fait du très bon boulot et je vous fais confiance pour démanteler le reste du réseau à Montpellier. Ce sera un jeu d'enfant. Dommage que Lion ne puisse pas vous accompagner, d'ailleurs, mais vous vous débrouillerez très bien tout seul.

Franck Lion est mon équipier depuis que je bosse à Paris et surtout mon meilleur ami.

J'aurais nettement préféré descendre avec lui, mais il va être papa pour la deuxième fois, donc je ne peux pas lui en vouloir. Sans compter que, dans son délire, mon père l'aurait sans doute pris pour mon mec, donc en fin de compte ce n'est pas plus mal.

— Quoi qu'il en soit, reprend Vacquart, ce n'est pas à ce propos que je voulais vous voir.

Il se lève et regarde par la fenêtre, les mains dans le dos, avant de reprendre :

— Vous savez, en tant que commissaire, j'ai pas mal de pouvoir et une certaine autonomie dans mes décisions… Je dirige une équipe, ce commissariat, des hommes, des femmes, et je suis généralement assez libre de mes actes au sein de mon bâtiment…

— Oui…, dis-je, hésitant, pour l'inciter à poursuivre, sans trop comprendre où il veut en venir.

— … mais parfois, face à certaines décisions, il arrive que j'aie les mains liées. Ou du moins, qu'on m'impose des choix que je n'aurais peut-être pas faits. Vous suivez ?

— Non.

J'ai répondu du tac au tac, ce qui le fait sourire.

— Vous allez comprendre. C'est à la fois très simple et très... Bref, j'ai reçu un coup de fil d'en haut. Très haut, même. Je ne citerai personne mais... Oh ! et puis merde, ça fait chier mais c'est comme ça ! Mon cher Schwartz, j'ai le plaisir de vous annoncer que vous allez devoir vous coltiner un équipier sur cette affaire.

Il esquisse un nouveau sourire, qui ressemble cette fois plus à un rictus nerveux qu'à autre chose.

— Comment ça, un équipier ? Mais je n'ai besoin de personne ! C'est soit Franck, et on vient de dire que c'est impossible, soit personne.

Je me lève et je m'aperçois qu'en cinq minutes cette putain de chaise a réussi à me flinguer le dos.

— Doucement, doucement, on se rassied.

Je désigne la chaise d'un air mauvais et le commissaire acquiesce, compréhensif.

— C'est bon, vous pouvez rester debout, reprend-il en arpentant la pièce. A vrai dire... Eh bien... En fait, techniquement, ce ne sera pas réellement un coéquipier. C'est comme ça qu'on me l'a présenté, mais encore une fois j'insiste : je n'ai pas eu le choix ! dit-il en se retournant pour me faire face. C'est même l'inverse d'un équipier, c'est un civil… et de la pire espèce…

— Oh ! putain : un journaliste ?

— Presque… Un écrivain.

Composé et édité par HARLEQUIN

Achevé d'imprimer en février 2016

BRODARD & TAUPIN

La Flèche

Dépôt légal : mars 2016

Pour l'éditeur, le principe est d'utiliser des papiers composés de fibres naturelles, renouvelables, recyclables, et fabriquées à partir de bois issus de forêts gérées selon un système d'aménagement durable. En outre, l'éditeur attend de ses fournisseurs de papier qu'ils s'inscrivent dans une démarche de certification environnementale reconnue.

Imprimé en France